AF390471

Copyright © 2021 Elfydil (Marie Briand)

Tous droits réservés

www.elfydil.com

ISBN : 978-2-9570157-2-6

Couverture et illustrations : Elfydil (hors couverture du clan du
Corbeau Blanc réalisée par Yenka)
Correction : Sandra Vuissoz

Cette œuvre est protégée par une certification ISO/CEI 27001 qui confère à
son auteur une date de création certaine sur son œuvre. Une signature nu-
mérique atteste de cette antériorité. Elle est soumise aux dispositions du
Code de la Propriété Intellectuelle. Toute reproduction ou représentation to-
tale ou partielle doit faire l'objet d'une demande d'autorisation auprès de
l'auteur.

LEGENDES DES ANCIENS

Sommaire :

Attention, certaines scènes peuvent choquer les personnes sensibles, notamment les nouvelles « Enhawee » et « La Pierre des déchus ».

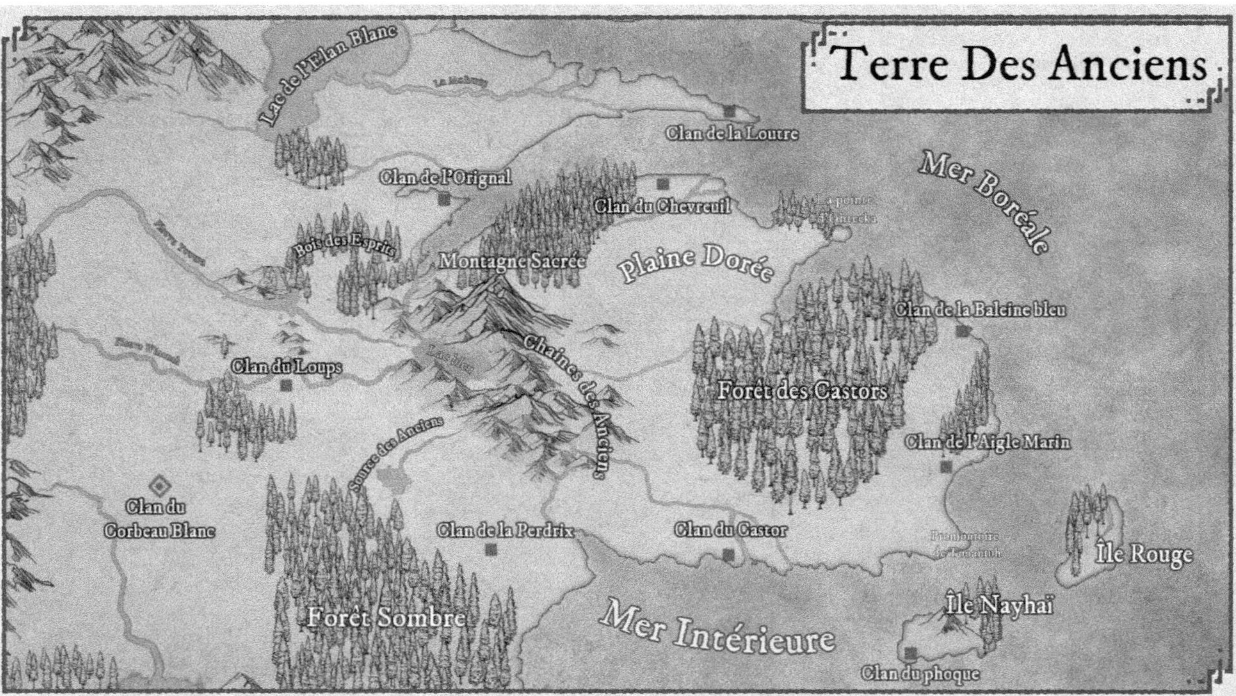

Terre Des Anciens
Lac de l'Elan Blanc
Clan de la Loutre
Mer Boréale
Clan de l'Orignal
Clan du Chevreuil
La pointe Smeeka
Bois des Esprits
Montagne Sacrée
Plaine Dorée
Clan de la Baleine bleu
Forêt des Castors
Chaines des Anciens
Clan du Loups
Clan de l'Aigle Marin
Source des Anciens
Clan du Corbeau Blanc
Clan de la Perdrix
Clan du Castor
Île Rouge
Île Nayhaï
Forêt Sombre
Mer Intérieure
Clan du phoque

L'ESPRIT DU LOUP

L'Esprit du loup

Depuis les temps anciens, les humains sont liés à la nature. Ce lien prend la forme d'un animal totem, représentant spirituel des Anciens sur Terre. Chaque Onkhawmik a toujours eu la possibilité de questionner ses ancêtres pour leur demander quel animal lui était lié, et ce, à n'importe quel moment de sa vie.

Autrefois, les personnes en quête de leur totem devaient jeûner et méditer durant trois jours et trois nuits. Passé ce temps, ils rejoignaient le chaman de leur village dans un lieu sacré empli de la magie ancienne. Là, le chaman invoquait les Anciens à l'aide d'herbes et de chants. La vision qui apparaissait alors au candidat lui permettait de rencontrer l'animal qui lui était lié. Chaque vison était unique, claire et précise, ne laissant aucun doute à la personne quant à l'animal totem qui lui était attribuée.

Ce jour-là, c'était au tour d'Ahuli de contacter les Anciens pour connaître leur décision. De par son jeûne, le jeune homme se sentait déjà au plus proche de ces êtres invisibles qui avaient autrefois foulé la terre. Leur sagesse leur avait permis de rejoindre les plaines sacrées. De ce lieu, ils pouvaient désormais guider les Onkhawmiks dans leur destinée, les entraînant parfois dans leurs derniers retranchements.

Repoussant ses craintes de ne pas être assez digne aux yeux de ses ancêtres pour qu'ils lui dévoilent son animal totem,

Ahuli porta à ses lèvres le calumet préparé par Chy, le chaman de son clan. Il aspira une bouffée de nuage blanc que la combustion des herbes sacrées avait formé. Sentant la fumée envahir ses poumons, il ferma les yeux et laissa le pouvoir des herbes prendre possession de son esprit. Expirant lentement, il prit une seconde, puis une troisième bouffée, prenant soin d'inspirer et d'expirer profondément, comme le lui avait recommandé le chaman.

Une fois cela fait, Chy récupéra le calumet et recula de quelques pas en entonnant une incantation en s'accompagnant d'un petit tambourin. Ses paroles glissaient sans interruption hors de sa bouche. À aucun moment l'homme ne semblait reprendre son souffle.

Ahuli se focalisa sur la voix du chaman. Les premières minutes, rien ne se passa. Puis soudain, il se sentit partir. Une fumée blanche s'éleva devant ses yeux, qu'un vent chaud écarta, ravivant par la même occasion le feu bleu situé à sa droite et qu'Ahuli n'avait pas encore remarqué.

Suivant son instinct, le jeune homme traversa le mur de flammes froides. Des voix murmurèrent autour de lui, diverses langues se mêlaient, ne lui permettant pas d'identifier les mots qu'elles prononçaient. Mais une chose était sûre : ces multiples voix d'un autre temps appartenaient à ses ancêtres, mais également à ses descendants. Toutes liées, comme si aucune temporalité n'avait d'effet sur elles.

Suivant ces voix, Ahuli se retrouva face à un mur de glace. En son cœur bleuté brillait une gemme blanche comme la neige. De fines veinures irisaient sa surface. Une pulsation traversa la pierre, la faisant luire davantage. De nouvelles pulsations animèrent la gemme. Ahuli mit un moment à se rendre compte que la cadence de ce cœur minéral battait à l'unisson avec le sien. Sa propre chaleur se répandait autour de la pierre blanche. La glace qui l'empoisonnait commença à fondre. Petit à petit, un fin filet d'eau perça la gaine transparente qui l'emprisonnait. Celui-ci se transforma rapidement en un ruisseau, puis en un torrent, qui emporta Ahuli et la pierre.

Le jeune homme glissa le long du cours d'eau avant de tomber dans une chute vertigineuse. Son corps transperça la surface d'une source d'eau glacée. Rejoignant le rivage, Ahuli dut reprendre son souffle. Ce fut le calme environnant qui attira son attention. La cascade avait disparu. Seule restait face à lui une source limpide aux profondeurs recouvertes de pierres blanches et irisées. Alors qu'il admirait le spectacle offert par ses ancêtres, un hurlement retentit dans son dos.

Se retournant, Ahuli découvrit un magnifique loup blanc auréolé de flammes bleues, qui le fixait avec intensité. Ses yeux brillaient de la même blancheur que les pierres qui tapissaient les profondeurs de la source. Sans aucune hésitation, le jeune homme s'avança, comme hypnotisé par la beauté de l'animal. Il ressentait son pouvoir, sa force, mais également les battements de son cœur... dans sa propre poitrine.

Alors qu'il réalisait cela, un souffle glacial se leva. Le pelage du loup vira au noir, le feu, au vert. Des filins noirs et visqueux remontèrent du sol et l'englobèrent entièrement. Une seconde bourrasque attira une brume de ténèbres qui recouvrit l'endroit en un clin d'œil.

C'est à ce moment qu'Ahuli revint à lui. Il ne put retenir un regard inquiet vers le chaman. Comprenant que quelque chose clochait, Chy posa son tambourin. Celui-ci s'approcha et s'assit face à lui.

– Raconte-moi ce que tu as vu.

Ahuli lui relata sa vision dans les moindres détails : les couleurs, les sensations qui l'avaient parcouru, le chaud, le froid...

Quand il eut terminé, Chy prit un air grave.

– Les Anciens attendent quelque chose de toi.

Il marqua une pause, comme s'il cherchait ses mots.

– Ce loup blanc, il te représente. Vous ne formez qu'un. Tu dois le retrouver avant qu'il ne soit trop tard. Il a besoin de toi et tu as besoin de lui.

Ahuli dévisagea le chaman, perplexe.

– Je ne comprends pas...

L'homme leva la main pour l'arrêter.

– Tu comprendras le moment venu, mon garçon. Les Anciens t'ont choisi. Va, suis ton instinct.

Puis il se releva et invita le jeune homme à sortir de la caverne. Ahuli s'exécuta non sans chercher une dernière fois une explication de la part de son chaman.

– Rentre au village et accomplis ton destin, lui dit simplement Chy en refermant le rideau de feuillage qui dissimulait l'entrée de la grotte.

***

Ahuli quitta le village dès le lendemain matin. Il n'avait pas fermé l'œil de la nuit, bien trop tourmenté par sa vision de la veille. S'il suivait le déroulé de son rêve, il devait en premier lieu trouver la pierre blanche qui le mènerait au loup. Mais par où commencer ?

Le jeune homme marcha en silence, perdu dans ses pensées, laissant ses pas le guider. Après une journée de marche presque ininterrompue, Ahuli se laissa tomber devant le feu qu'il avait préparé, exténué, mais l'esprit toujours aussi actif. Il fixa les flammes un long moment. *Et si cette pierre n'était pas une simple pierre, mais plutôt la représentation d'une personne ? D'un chaman ?*

– Je trouve que tu te poses bien trop de questions, dit une voix féminine.

– Il faut bien que je découvre la signification de cette vision, marmonna Ahuli.

– Les réponses sont peut-être bien plus faciles à trouver que tu ne le penses ?

Ahuli se figea, réalisant enfin qu'il était censé être seul. Il releva les yeux en direction de la voix et sursauta en découvrant son interlocutrice. Une jeune femme composée de flammes bleues le regardait en souriant. Ahuli recula de surprise et glissa du tronc sur lequel il était assis.

La jeune femme se pencha au-dessus de lui, son visage inquiet à quelques centimètres de celui du jeune homme.

– Ça va ? Je ne voulais pas t'effrayer.

Ahuli la dévisagea, sans voix. Qui était cette femme ? Son regard doux contrastait avec ses yeux perçants. Ils étaient bleus, aussi limpides que de l'eau.

– Qui êtes-vous ?

Il se redressa en essayant de ne pas la toucher.

– Je crois que ton peuple appelle les personnes comme moi des « Anciens », répondit la nouvelle venue en lui adressant un sourire chaleureux.

Apparemment, elle était contente qu'il ne se soit pas blessé.

– Les miens m'ont envoyée auprès de toi pour t'assister dans ta quête.

– Tu sais donc ce que je dois faire et où je dois aller ?

La femme haussa les épaules.

– Non. Ils ne m'ont rien dit. Je sais juste que je dois t'accompagner. Mais je ne pensais pas que ma forme te déstabiliserait autant. Je peux en changer si tu veux.

Les flammes entourant la femme formèrent un tourbillon. Lorsqu'elles se dissipèrent, un lapin enflammé se trouvait à la place de l'Ancienne. Ahuli la dévisagea, sans voix. Interprétant mal sa réaction, l'esprit changea une nouvelle fois de forme pour adopter l'aspect d'un jeune garçon fluet. Les flammes bouillonnèrent encore une fois quand Ahuli l'arrêta :

– Ta forme, enfin, tes formes ne m'effraient pas. Je dirais même que n'importe qui pourrait te faire confiance au vu de ta gentillesse et de l'attention que tu portes aux ressentis des autres. Mais s'il n'y avait pas ce...

Il désigna d'un geste vague les flammes qui englobaient l'Ancienne.

– C'est effrayant pour les humains ?

– Plutôt inattendu.

Le jeune garçon lui adressa un air d'incompréhension. C'était la première fois qu'on lui disait cela. Pour tout dire, c'était la première fois qu'il quittait les plaines sacrées. Ahuli ne put cacher son sourire face à l'innocence de son interlocuteur.

– C'est très bien comme ça, ne t'en fais pas. Enfin, prends la forme que tu préfères, ça n'a aucune importance pour moi.

Le garçon sourit et reprit la forme de la jeune femme.

– Merci de me laisser le choix, sourit-elle. Donc, on commence par où ? Comment puis-je te venir en aide ?

– J'aurais cru que tu me le dirais, répondit Ahuli, étonné par ses réactions.

Ahuli sourit à son tour. Les Anciens le mettaient-ils doublement à l'épreuve en lui envoyant l'une des leurs qui était incapable de l'aider sans qu'on lui pose les bonnes questions ?

La femme le regardait sans rien dire. Elle semblait attendre qu'Ahuli trouve lui-même une réponse.

– Je pense que je ferais mieux de me reposer pour ce soir, déclara le jeune homme, bien trop fatigué par sa journée de marche pour réfléchir à tout cela. Nous trouverons une solution demain matin.

Il récupéra la cape qu'il avait pris soin d'emporter avec lui pour se protéger du froid de la nuit et la passa autour de ses épaules. L'Ancienne le regarda faire en silence.

– Tu peux t'asseoir, lui dit Ahuli en la voyant rester debout près du feu. Au fait, tu ne m'as pas dit ton nom ?

La femme le dévisagea et sembla chercher quoi lui répondre.

– Tu ne t'en souviens pas ? hasarda Ahuli.

L'Ancienne pencha la tête sur le côté.

– Un nom ?

– Une désignation pour parler de toi, expliqua Ahuli, comprenant le questionnement de la femme. Mon nom à moi est Ahuli.

La femme hocha la tête, comme pour intégrer l'information. Ahuli sourit. Cette Ancienne, bien qu'étrange, l'attendrissait par son comportement.

– C'est joli. Et je ne pense pas avoir de nom.

À vrai dire, elle n'avait jamais trop réfléchi à cette question, car personne avant ce jeune homme ne lui avait demandé son nom.

Bien que prêt à se coucher, Ahuli se redressa.

– Nous pouvons t'en trouver un, si tu veux.

Le visage de l'Ancienne s'illumina immédiatement. Elle hocha vigoureusement la tête et vint s'asseoir en tailleur face au jeune homme.

– Comment choisit-on un nom ?

– Normalement, les Anciens le soufflent aux parents d'un enfant qui vient de naître, répondit Ahuli. Mais pour toi, cela semble différent.

Il réfléchit un instant.

– Il faudrait un nom qui te représente totalement. Tu préférerais un prénom féminin ou masculin ? Ou même mixte !

La femme le regarda en silence, avant de demander :

– Il y a une différence ?

– Tout dépend de ce que tu ressens ici.

Ahuli désigna le cœur de l'Ancienne qui porta une main à sa poitrine en fronçant les sourcils.

– Il faut que ton prénom te parle. Que tu sois à l'aise quand on l'utilise. J'ai par exemple changé le mien lorsque j'avais douze ans, pour qu'il me corresponde au mieux. Les Anciens avaient oublié un petit détail me concernant en soufflant mon premier nom à mes parents. Je t'en parlerai une autre fois, ajouta Ahuli en réalisant qu'il fallait donner un minimum d'informations pour que sa nouvelle amie ne soit pas perdue.

Cette dernière l'écoutait tout de même avec attention. Elle hocha la tête face à sa proposition et prit un air sérieux de réflexion.

– Dans ce cas, je préfèrerais un nom de femme, dit-elle timidement.

Le fait que quelqu'un s'intéresse autant à elle était nouveau pour l'Ancienne. Cela l'intimidait, mais la rendait également très heureuse. Elle n'avait jamais ressenti ces variations d'émotions par le passé et trouvait ça très agréable, bien que perturbant.

Ahuli hocha la tête et lui sourit pour la mettre à l'aise, puis réfléchit.

– Quand je te vois, je me dis qu'un nom doux te correspondrait bien... Un nom comme Ayana ? Izy ? Ou Kishi, peut-être ?

L'Ancienne pencha la tête sur le côté comme si elle analysait ses propositions. Finalement, elle secoua la tête avec une moue peu convaincue.

Ahuli sourit et reprit sa réflexion. Un nom courant ne conviendrait sans doute pas à un être comme l'esprit qui se tenait face à lui. Il passa en boucle les noms qu'il pensait lui correspondre au mieux jusqu'à en assembler certains. Enfin, il en trouva un qui lui semblait parfait :

– Laya ?

Le visage de son interlocutrice s'illumina presque instantanément. Elle répéta le nom, écoutant et appréciant sa sonorité. Amusé par son comportement, Ahuli la regarda, un léger sourire aux lèvres. En aucun cas il ne la jugeait, mais il comprenait ce que pouvait ressentir Laya d'avoir un nom qui lui corresponde parfaitement et cela l'attendrissait.

L'Ancienne remarqua son sourire et sembla soudainement intimidée. Puis elle se souvint que son ami humain avait besoin de se reposer. Embarrassée de lui prendre du temps de repos, elle se tritura les mains, ne sachant comment terminer cette conversation.

– Merci, dit-elle simplement.

Elle parut vouloir ajouter quelque chose, mais se ravisa.

– Je n'ai rien fait de particulier, dit Ahuli en ne faisant aucune remarque sur la soudaine gêne de sa nouvelle amie.

Réalisant que Laya ne savait pas quoi dire de plus, il prit les devants en lui souhaitant une bonne nuit. L'Ancienne lui répondit maladroitement et partit s'asseoir contre un arbre.

– Je n'ai pas besoin de dormir, mais je peux veiller à ce que personne ne perturbe ton sommeil, dit-elle, contente de son idée et de pouvoir elle aussi aider son nouvel ami.

Ahuli la remercia avec un léger amusement dans les yeux et s'enroula dans sa cape, dos au feu sous le regard protecteur de Laya.

***

Le lendemain matin, le jeune Onkhawmik s'éveilla avec le soleil. Ahuli mit un court instant à se souvenir de la présence de l'Ancienne. Il avait dormi d'un sommeil de plomb, chose rare lorsqu'il n'était pas au village. C'était comme si une magie avait veillé à ce qu'il se repose vraiment.

— Je ne vais pas te cacher que je pensais avoir rêvé hier soir, dit-il à Laya en s'étirant. Et je suis content que ce ne soit pas le cas !

L'Ancienne ne parut pas comprendre pourquoi il disait cela, mais lui sourit en retour.

— J'imagine que c'est un compliment ?

Ahuli laissa échapper un rire.

— Oui, ça l'est ! Je n'oserais pas être désagréable avec la personne qui m'a aidé à si bien dormir.

Tout en disant cela, il attrapa quelques baies et un morceau de viande séchée qu'il engloutit sous le regard toujours aussi curieux de Laya. Puis il rangea ses affaires et reprit son chemin. Il n'avait aucune idée de la route à prendre.

– Dis-moi, Laya, aurais-tu eu des informations de la part des Anciens sur la route à suivre ?

L'esprit secoua la tête.

– Les Anciens ne disent jamais clairement les choses, sauf s'ils le veulent. Ils parlent généralement par énigmes et signaux énergétiques. C'est aux humains de trouver leur voie. Nous, nous ne servons que d'impulsion.

Ahuli hocha la tête. Évidemment, une autre réponse aurait été étrange. Il se gratta le crâne en soupirant.

– Eh bah, dans ce cas, prenons cette direction.

Il chercha une réaction de la part de Laya, espérant avoir un minimum d'aide pour valider ou non son choix, mais la femme était bien trop occupée à observer un écureuil pour l'écouter. Nullement vexé, Ahuli sourit et invita l'Ancienne à le suivre. Il nota également qu'il n'avait pas intérêt à la lâcher des yeux s'il ne voulait pas la perdre.

***

Le duo marcha ainsi pendant plusieurs jours, perdu en pleine forêt. Laya observait les moindres détails de son nouvel environnement avec toujours le même émerveillement. Ahuli l'observait lui aussi, répondant aux multiples questions de l'Ancienne avec bienveillance.

Alors qu'ils parcouraient la forêt sans jamais avoir de message des Anciens, le sommet de la montagne sacrée perça entre les arbres. Ahuli s'arrêta un instant pour l'observer. Il n'y avait pas pensé, mais peut-être que ses réponses se trouvaient là-bas.

Laya suivit son regard, attendant en silence une décision de sa part sur le chemin à prendre, quand Ahuli se tourna vers elle :

— Je me disais... Tu es une Ancienne et pourtant, tu me poses tout un tas de questions sur la forêt, les humains et les animaux. Tu as bien déjà foulé ces terres par le passé ?

Bien qu'il ne cherchait pas à la piéger, Laya parut soudainement ne plus savoir où se mettre.

— Tu n'es pas obligée de répondre, c'est une question comme ça. C'est juste ce sommet qui m'y a fait penser.

Laya hocha la tête. Elle ne voulait pas mentir à Ahuli. Elle prit donc son courage à deux mains pour lui révéler ce qu'elle lui cachait depuis son apparition :

— En fait, je ne suis pas une Ancienne.

Le jeune homme haussa les sourcils de surprise. Il ne dit rien pour autant, préférant la laisser continuer.

— Je suis un esprit égaré qui n'a jamais trouvé de corps ou qui l'a perdu. Je ne sais pas précisément pourquoi les Anciens m'ont rappelée auprès d'eux. Et ils ne m'ont jamais aidée à savoir d'où je venais ni qui j'étais. Enfin, pas autant que toi. Tu es la première personne à avoir pris la peine de t'intéresser réellement à moi et de me chercher un nom. Sur les plaines sacrées, tout le monde en avait un, sauf moi. Tout le monde avait des souvenirs aussi, mais encore une fois, ce n'était pas mon cas. Je les ai entendu parler de la terre que les êtres vivants foulent, mais je n'y avais jamais posé le pied avant de te rencontrer.

Comme lors du premier soir, elle se tritura les mains, honteuse d'avoir caché la vérité. Ahuli ne parut pas plus surpris que cela. Il se doutait bien que Laya ne lui avait pas tout dit, et ce, depuis leur rencontre.

– Tu avais peur que je te rejette ?

Laya hocha la tête.

– Je peux repartir, rien ne m'empêche de rejoindre les plaines sacrées, mais...

Elle fit une pause.

– Je suis bien avec toi, c'est comme si j'avais toujours dû être à tes côtés.

Ahuli sourit. Il approcha sa main pour lui caresser l'épaule et lui montrer qu'il ne lui en voulait pas, avant de se souvenir de l'état immatériel du corps de son amie.

– Sache que je ne te rejetterai jamais, encore moins pour ça. Et j'ai eu le même sentiment de complémentarité en te rencontrant.

La réponse du jeune homme rassura immédiatement l'esprit, qui afficha un grand sourire.

– De plus, si les Anciens t'ont fait venir jusqu'ici, c'est pour une raison, ajouta Ahuli. On va trouver ta place.

Car oui, si Laya était là, c'était pour lui venir en aide, il le savait, mais si lui aussi était là pour elle ? Ahuli repensa subitement aux paroles de son chaman avant de les repousser. Si Laya était la louve de sa vision, il ne voyait en aucun cas où se trouvait sa part d'ombre.

***

Après cette discussion qui permit à Laya de s'ouvrir un peu plus sur son histoire, le duo prit la direction de la montagne sacrée. Ahuli sentait qu'une part des réponses se trouvait là-bas, peut-être même toutes.

Un matin, alors qu'il rangeait ses affaires afin de reprendre le départ, Laya s'approcha de lui. Il avait l'habitude qu'elle observe le moindre de ses faits et gestes, mais ce jour-là, l'esprit semblait avoir une nouvelle question à lui poser. Une question plus délicate.

– Tu veux savoir quelque chose ?

L'esprit hésita.

– Tu sais que je répondrai à toutes tes questions. Je ne l'ai pas déjà fait jusque-là ?

Laya hocha la tête. Elle attendit que le jeune homme termine de ranger ses affaires et se tourne face à elle.

– Tous les hommes ne sont pas comme toi, non ? En tout cas, tous ceux que j'ai rencontrés étaient différents de toi.

Ahuli la regarda, perplexe.

– En effet, il y a des personnes mauvaises sur ces terres. Enfin, si tu pars du principe que je suis ouvert et à l'écoute de tes interrogations.

Il lui fit signe pour qu'elle le suive et reprit la route, se demandant où voulait en venir Laya. Cette dernière ne dit rien pendant de longues minutes, comme si elle cherchait ses mots, quand enfin il comprit.

– Oh... Tu voulais dire, différent physiquement ?

Laya hocha timidement la tête, faisant sourire Ahuli.

– Dans ce cas, c'est vrai, la grande majorité des hommes est différente de moi.

– Et pourquoi es-tu différent comme ça ?

Encore une fois, la question surprit et attendrit Ahuli. La soif d'apprendre de son amie était quelque peu déconcertante, mais à aucun moment, elle ne voulait le blesser. Chacune de ses questions était posée avec beaucoup trop d'innocence. Si Laya n'avait pas adopté cette forme de femme adulte, elle aurait très bien pu choisir celle d'un enfant.

– Je crois qu'il est temps que je te parle de mon enfance, déclara finalement Ahuli.

L'expression de Laya changea imperceptiblement. Elle adorait les histoires. Ahuli l'avait deviné en la côtoyant quotidiennement. Il aimait le petit air que prenait l'esprit quand il lui proposait de lui en raconter une. Il réajusta son sac et commença son récit :

– Comme je te l'ai déjà dit, les Anciens soufflent à chaque parent un nom pour leur enfant. Celui-ci est donné dès la naissance, mais nous sommes libres d'en changer si nous en ressentons le besoin. C'est assez rare, mais comme tu le sais, c'est ce que j'ai fait.

Ahuli fit une petite pause, s'attendant à ce que son amie l'interrompe d'une question, mais elle l'écoutait avec attention. Le jeune homme reprit donc la parole :

– Durant son enfance, chaque Onkhawmik apprend par l'observation la structure de son clan. Il existe autant de fonctionnements possibles que de clans. Pour ce qui est du mien, chaque enfant est vêtu et éduqué de la même façon et personne ne nous empêche de découvrir ce qui nous plaît, que ce soit la chasse, la pêche, la cueillette, le tissage...

– Il y a une différence dans toutes ces activités ? demanda Laya.

Ahuli sourit.

– Tu commences à bien connaître le monde des hommes pour poser cette question. Et oui, il y a une différence : les deux premières sont généralement des activités réservées aux hommes et les deux secondes, aux femmes. Beaucoup de clans les séparent et enseignent aux enfants dès leur plus jeune âge à quelle catégorie ils appartiennent.

– C'est triste, je trouve. Pourquoi font-ils ça ?

– Je trouve aussi, et je ne saurais te dire pourquoi ils décident pour leurs membres ce qui dirigera leur vie. Peut-être est-ce plus facile à organiser ?

Laya prit un air surpris. Elle ne comprenait vraiment pas cette façon de penser.

– Et ton clan est comme ça ?

Ahuli secoua la tête.

– Non, mon clan préfère nous laisser choisir. Entre 10 et 15 ans, nous avons la possibilité de décider comment nous voulons aider le village. Je ne te cache pas que la majorité suit les règles des autres clans. Mais nous avons une plus grosse proportion de tisseurs particulièrement doués que les autres villages, ainsi que de très bonnes chasseuses qui surprennent toujours nos voisins lorsqu'ils les croisent. Pour ma part, j'ai essayé différentes activités. Chy, le chaman de mon clan, voyait bien que ce choix était compliqué pour moi, mais surtout, il sentait autre chose. Il m'a donc accompagné et a interrogé les Anciens pour moi.

– C'est là qu'ils ont reconnu leur erreur ? devina Laya.

– Il n'y a pas vraiment eu d'erreur de leur part, j'ai toujours été comme je suis. Je dirais plus que c'est une mauvaise interprétation des signes des Anciens de la part de mes parents et de mes proches.

Laya hocha la tête. Elle attendait avec impatience le dénouement de cette histoire.

– Grâce à Chy, j'ai donc mis le doigt sur ce qui me gênait : à l'âge de 10 ans, les autres villageois me voyaient comme une petite fille. Bien que je ne l'aie jamais été et que j'aie été élevé, comme tous mes amis, sans vraiment savoir à quelle partie du clan j'appartenais. Je n'osais pas leur dire qu'ils se trompaient, ayant toujours été discret. Et cela ne m'empêchait en rien de choisir comment j'aiderais le clan une fois adulte.

Une profonde nostalgie envahit le regard d'Ahuli, qui laissa échapper un sourire lointain.

– Chy, lui, l'a compris bien avant les autres. Il attendait juste que je sois prêt à en parler avec lui. Après qu'il m'a pris sous son aile, il n'a pas fallu longtemps pour que tout le village soit mis au courant et organise une cérémonie pour me présenter sous mon vrai nom devant les Anciens. Je ne te cache pas que c'est un des meilleurs moments de ma vie. Depuis ce jour, j'écoute les gens, comme Chy m'a appris à le faire, tout en restant aussi discret qu'avant, rit Ahuli. J'ai fini par trouver ma voie. Sans être réellement un chaman, j'aide les personnes de mon clan en les écoutant. Je seconde aussi beaucoup notre guérisseuse. Au fil des années, les clans voisins ont entendu parler de moi. Beaucoup sont venus me parler de sujets qu'ils n'osaient même pas aborder avec leur propre chaman.

– Tu dois être respecté auprès des tiens, alors ?

Ahuli n'aimait pas être mis en avant. Il se contenta de hocher imperceptiblement la tête. Pour lui, écouter les gens était normal, bien que son statut particulier l'aidait indéniablement à appréhender le monde différemment des autres et ainsi à les conseiller au mieux.

— Ils ont été là pour moi, et m'ont accepté comme je suis sans l'ombre d'une hésitation, c'est tout ce qui compte pour moi.

Laya parut surprise par cette dernière phrase. Ahuli aurait pu profiter de cette aura et de ce respect, et pourtant, à aucun moment il n'en jouait.

— Je ne connais pas beaucoup d'humains, enfin d'humains vivants, mais tu es quelqu'un de bien, Ahuli. Et je comprends encore plus pourquoi tu agis ainsi avec moi.

***

Ahuli et Laya arrivaient enfin au pied de la montagne sacrée quand le jeune Onkhawmik sentit une étrange pression parcourir son corps qui le fit frissonner. Il se retourna, jurant avoir entendu bouger derrière eux.

— Quelque chose ne va pas, s'inquiéta Laya en suivant son regard.

— Ce n'est rien, j'ai cru qu'on nous observait.

Puis il se repositionna face au chemin rocheux partiellement couvert de neige qui se présentait à eux. Ahuli n'avait aucune idée de pourquoi son intuition le poussait à venir ici, mais plus il s'approchait de la montagne, plus celle-ci semblait l'appeler. Il repensa alors à sa vision. Une pierre dans un mur de glace. Où pouvait-il trouver de la glace ailleurs qu'ici ?

Tandis qu'Ahuli se perdait dans ses pensées, Laya l'observait en silence. Elle voyait que quelque chose le perturbait, mais elle ne savait pas comment l'aider. Elle attendit un court instant avant d'interroger son ami :

– Qu'est-ce que tu es censé trouver ici ?

– Un mur de glace et une pierre blanche. Enfin, si les Anciens m'ont bien montré les objets de ma quête tels qu'ils le sont réellement, répondit Ahuli sans quitter le chemin du regard.

Laya hocha la tête et ferma les yeux. Depuis qu'ils s'étaient arrêtés, elle sentait les flux d'énergie parcourir ce lieu sacré, qui se manifestaient par un picotement traversant son corps éthéré. La magie des Anciens l'animait, mais jamais auparavant elle n'avait pensé à l'utiliser autrement que pour maintenir sa tangibilité ou changer de forme physique. Aujourd'hui, elle savait qu'elle pouvait en faire autre chose. C'est comme si elle l'avait juste oublié et enfoui au plus profond de sa mémoire.

Se rendant compte du soudain silence de sa compagne de voyage, Ahuli tourna les yeux vers elle. Depuis leur rencontre, près de deux semaines plus tôt, c'était la première fois qu'il la voyait agir aussi sereinement. Elle savait quoi faire. L'esprit sembla vibrer et prendre une teinte bien plus bleutée qu'à l'accoutumée. Des flammèches bleues apparurent sur sa peau pour finalement se fondre dans son corps.

Laya resta de longues minutes en transe. Ahuli n'osait pas la toucher ni l'interroger sur ce qu'elle ressentait. Puis, enfin, elle rouvrit les yeux. Ces derniers étaient à présent d'un bleu incandescent.

– Suis-moi, souffla-t-elle.

Elle se dirigea vers le chemin comme si elle l'avait déjà parcouru des milliers de fois. Sa surprise passée, Ahuli resserra sa cape autour de ses épaules et réajusta son sac avant de lui emboîter le pas.

La route qu'emprunta Laya au premier embranchement se révéla être la plus difficile et glissante des deux qui s'étaient offertes à eux. Jamais Ahuli n'aurait pensé à la prendre. Déjà aurait-il fallu qu'il la remarque derrière le buisson épineux brûlé par le froid et le vent de la montagne.

Plus d'une fois, le jeune homme manqua de glisser dans le vide, surpris par une roche qui se dérobait sous son pied ou une bande verglacée dissimulée sous une légère couche de neige fraîche.

– Laya ! Sais-tu dans combien de temps nous arriverons ? réussit-il à articuler entre deux claquements de dents quand le vent se leva.

Son amie ne lui répondit pas. Elle ne prit pas non plus la peine de se tourner vers lui pour s'assurer qu'il suivait bien, continuant inlassablement son ascension. Pour ne pas la perdre de vue, Ahuli dut accélérer le pas. La chose était peu aisée, car la piste devenait de plus en plus à pic à mesure qu'ils prenaient de l'attitude.

Le duo gravit ainsi la montagne durant de longues heures. Plus le temps avançait, moins Ahuli parvenait à suivre son amie. Ses membres s'engourdissaient un à un. Plus d'une fois, il songea à faire demi-tour, mais il devait continuer. S'il abandonnait maintenant, il n'aurait pas de seconde chance. Pour se donner du courage, il repensa aux moments passés avec Laya. Elle aussi avait besoin de lui. S'il partait, elle errerait certainement pendant des siècles afin d'accomplir en vain la mission que lui avaient confiée les Anciens.

Une violente rafale déséquilibra Ahuli au moment où il dépassa une avancée rocheuse. Son cœur manqua un battement quand il sentit son corps basculer vers le vide. Battant des bras, il se rattrapa du bout des doigts à une ouverture dans la falaise abrupte qu'il longeait. Utilisant toute sa volonté, Ahuli parvint à se hisser et à se plaquer contre la roche gelée, échappant ainsi aux bourrasques glaciales, mais également à une chute mortelle de plusieurs centaines de mètres. Il posa le front contre la pierre en soupirant. Il s'en était fallu de peu pour qu'il rejoigne ses ancêtres.

Il ferma les yeux pour reprendre son souffle et attendre que son cœur se calme quand il sentit un fin filet d'air rafraîchir la sueur qui avait perlé sur son front. Intrigué, il releva les yeux et se figea. Un minuscule interstice lui permettait de voir l'intérieur de la montagne. Un rai de lumière bleuté s'en échappait, dévoilant une salle entièrement couverte de glace. Et si c'était l'endroit qu'il cherchait ? À peine cette pensée eut-elle traversé son esprit qu'une douce vague d'énergie le réchauffa. Sans réellement comprendre ce qui venait de se passer, Ahuli parvint à détacher son regard de l'étrange grotte de glace. Il reprit sa route et rattrapa Laya, qui s'était enfin arrêtée quelques mètres plus haut.

En la voyant, Ahuli ralentit l'allure et se plaça à ses côtés. Face à eux se tenait un tunnel sombre aux murs gelés. Celui-ci menait droit vers une lueur bleutée. Un sourire étira les lèvres du jeune homme qui, cette fois, prit les devants. Il s'avança prudemment et déboucha dans une salle recouverte de glace du sol au plafond, celle-là même qu'il avait vue quelques instants plus tôt.

À présent à l'abri du souffle glacial de la montagne, il pouvait admirer plus en détail l'endroit. Sur sa droite, une ouverture donnait sur l'extérieur. Bien que bouchée par de la glace, les rayons du soleil parvenaient à traverser son épaisseur bleutée, offrant une lumière irréelle au lieu. Celle-ci lui permettait de voir comme en plein jour et par la même occasion l'impressionnant gouffre qui se tenait au centre de la grotte. Les rigoles qui creusaient la roche constituant le sol attestaient d'un écoulement ancien d'eau.

Tandis qu'Ahuli admirait l'endroit, Laya le dépassa. Elle contourna le gouffre et marcha jusqu'au mur du fond pour y apposer sa main. Laissant sa fascination de côté, Ahuli la suivit. La pierre devait être là, les éléments de sa vision se superposaient un à un sur ce lieu féérique.

Une fois qu'il eut rejoint Laya, il hésita. Même si la pierre était derrière cette glace, comment pourrait-il la récupérer ? Il jeta un œil à sa compagne qui fixait en silence le mur face à elle, puis glissa son regard jusqu'à la main de celle-ci. *Et si... ?*

N'allant pas plus loin dans sa réflexion, Ahuli posa sa main à côté de celle de Laya, avant de la glisser à travers elle. L'enveloppe froide de l'esprit le fit frissonner. S'ensuivit une violente vague de chaleur. Il écarquilla les yeux quand les flammes bleues englobèrent sa main et son avant-bras. Effrayé, il tenta de se dégager, mais il eut beau tirer de toutes ses forces, sa paume resta collée à la glace. La panique commençait à l'envahir quand Laya posa son regard bienveillant sur lui.

– Reste calme. Il ne peut rien t'arriver tant que je serai là.

Bien que peu rassuré, Ahuli hocha la tête et se rapprocha imperceptiblement d'elle. Entendre de nouveau sa voix lui faisait du bien après ces heures de silence. Laya lui sourit et se réintéressa au mur de glace.

Les flammes doublèrent de volume lorsqu'elle ferma les yeux. Malgré leur chaleur froide, la glace alentour commença lentement à fondre, formant dans un premier temps un fin filet d'eau qui se transforma rapidement en ruisseau puis en torrent.

Les pieds solidement ancrés dans le sol par il ne savait quel miracle, Ahuli jeta un œil par-dessus son épaule. Avisant le gouffre par lequel s'échappait l'eau, il repensa immédiatement à sa vision : si tout se passait comme il l'avait vu, lui et Laya devraient continuer leur voyage par là. Il pria les Anciens pour que ce ne soit pas le cas quand la force du courant qui ruisselait entre ses jambes redoubla d'intensité.

Un éclat attira son regard. Une petite pierre blanche et laiteuse parcourue de fines veinures bleues apparut au cœur de la roche gelée que Laya s'attelait à faire fondre. Elle devait se situer à un doigt à peine de distance de sa paume et pulsait légèrement. Ahuli se focalisa sur le rythme de ces pulsations pour se calmer, et réalisa que son cœur et cette pierre battaient à l'unisson !

L'eau arrivait à présent jusqu'aux genoux des deux amis. Une bonne partie de la glace qui constituait la salle avait déjà fondu sous la chaleur émise par les flammes de l'esprit.

– Ahuli ! Attrape la pierre ! s'exclama tout à coup Laya.

Ne cherchant pas à avoir d'autres explications, le jeune homme s'exécuta. Du moins, il essaya. Sa main liée au mur lui permettait de garder un bon équilibre, mais le tenait trop loin de la gemme pour qu'il puisse la saisir, et la puissance de l'eau sur ses jambes l'obligea à redoubler d'efforts pour effectuer le pas qui le séparait de son objectif. Lorsqu'il fut de nouveau stable sur ses appuis, Ahuli tenta de récupérer la pierre. Malheureusement, une fine couche de glace recouvrait encore la gemme, faisant glisser ses doigts sur sa surface étrangement tiède.

Le voyant en difficulté, Laya posa sa main libre sur la pierre et invita Ahuli à faire de même. Encore une fois, le jeune homme obéit. Il ne fallut que quelques secondes pour qu'il sente la gemme se déloger de son alcôve et glisser dans sa main.

À peine eut-il resserré les doigts autour de la pierre que la main qui lui permettait de rester en équilibre se désolidarisa du mur. Une puissante vague lui faucha les jambes, l'entraînant dans le gouffre noir au centre de la salle. Laya tenta de le rattraper. Malheureusement, ses mains fantomatiques passèrent à travers le bras du jeune homme. Elle le regarda disparaître avec effroi dans les profondeurs de la montagne.

***

Ahuli rouvrit les yeux en toussant. Le soleil couchant l'éblouit, l'obligeant à porter une main devant son visage. Soudain, il fut pris d'une violente nausée. Se retournant sur le côté, il recracha une grande quantité d'eau avant de s'écrouler au sol.

Une fois capable de respirer correctement, il roula sur le dos. Chaque parcelle de son corps le faisait souffrir, comme si un orignal l'avait piétiné. Il soupira et passa une main sur son visage avant de s'asseoir difficilement. Il réalisa alors qu'il n'était même pas mouillé. *Étrange.*

Fronçant les sourcils, il sonda les alentours. Il était au bord d'une source. Quelques plaques de neige éparpillées çà et là, et la vue vertigineuse sur le lac en contrebas lui permirent de savoir qu'il était encore en pleine montagne.

Un bruit d'écoulement d'eau attira son attention. Comment avait-il pu se retrouver sur ce pan rocheux alors que l'ouverture dans la montagne était de l'autre côté de la source ?

— Tu étais déjà là quand je t'ai trouvé, dit doucement une voix sur sa droite.

Ahuli ne sursauta même pas, reconnaissant la voix devenue familière de Laya. Il se tourna vers elle. L'esprit s'était assis un peu plus loin et semblait vouloir garder une distance raisonnable avec lui.

— J'ai eu peur qu'il ne te soit arrivé quelque chose par ma faute, dit-elle. Tu étais tout blanc et tu ne respirais plus. Quand j'ai tenté de te toucher, la pierre s'est mise à briller d'un coup et tu t'es réveillé.

Ahuli se rappela alors l'existence de la pierre blanche. Celle-ci, encore au creux de son poing serré, produisait une douce chaleur. Intrigué, Ahuli desserra les doigts pour la contempler.

Sous ses yeux, la pierre luisait légèrement. On aurait cru qu'un cœur lumineux l'habitait, pulsant à un rythme calme et régulier. Les fines veinures qui la traversaient semblaient parcourues d'une lave bleutée guidée par les pulsations magiques. La curiosité l'emportant, Laya se rapprocha d'Ahuli pour admirer elle aussi la gemme. Elle prit soin de ne pas toucher la peau de son ami humain. Bien que son précédent contact ait été apaisant pour elle, elle craignait de lui faire du mal en recommençant.

– Et maintenant, que dois-tu faire avec ça ? demanda-t-elle.

Ahuli ne put retenir un sourire.

– Je te rappelle que c'est toi qui m'as guidé à elle et qui m'as aidé à la déloger.

Il fit tourner la pierre entre ses doigts. À quoi pouvait-elle servir ?

Alors qu'il l'observait en silence, l'étrange impression d'être épié fit une nouvelle fois son apparition. Ahuli ferma la main et se redressa, à la recherche de l'origine de son malaise.

– Qu'est-ce qu'il y a ?

Laya le regarda avec inquiétude. Le jeune homme lui fit signe de se taire, puis se leva et avança en direction d'une ouverture entre les roches situées non loin d'eux. La nuit tombante ne l'aida pas à discerner clairement ce qui s'y trouvait.

Alors qu'il pensait encore une fois que son esprit lui jouait des tours, un grondement sauvage retentit dans le boyau rocheux. Ahuli recula immédiatement. Il avait dû descendre bien bas dans la montagne pour pouvoir croiser des animaux.

Il sortit le couteau qui ne quittait jamais sa taille et fixa les ténèbres. Laya se rapprocha de lui. Bien qu'immatérielle et de fait inatteignable par une créature terrestre, elle n'était pas rassurée.

Les amis n'eurent pas à attendre longtemps que le résident de la caverne se montre : un impressionnant loup noir au regard de feu s'avança vers eux.

En voyant la couleur de ses yeux, Ahuli blêmit. Vert. Cette couleur était liée aux démons et aux âmes déchues. Chy lui avait toujours recommandé de fuir ces créatures. Il brandit son arme en tremblant, défiant son adversaire de faire un pas de plus.

Le loup répondit à sa menace par un nouveau grondement qui dévoila ses crocs dans un rictus mauvais. De la bave noirâtre et visqueuse s'échappa de sa gueule pour venir mollement s'écraser au sol.

– Ahuli, tu ne peux rien contre lui, souffla Laya, comprenant que ce loup n'avait rien de normal. Ne mets pas ta vie en danger.

– J'aimerais bien fuir, figure-toi, mais il nous rattrapera en une foulée, rétorqua le jeune homme sans quitter la bête des yeux.

L'animal le jaugea un moment, se déplaçant lentement d'un côté puis de l'autre pour trouver une ouverture. Ahuli était attentif au moindre de ses mouvements. Si le loup attaquait, il devait être prêt à le repousser.

Il repositionna alors ses pieds pour rester face à son adversaire. Ce léger mouvement le déstabilisa un court instant. Le loup en profita pour fondre sur lui. Surpris par la vivacité de l'animal, Ahuli ne parvint pas à l'esquiver. La masse de muscles et de poils noirs le percuta de plein fouet. La violence du choc les envoya directement au sol. Ahuli eut tout juste le temps d'assener un coup de poignard dans le flanc du loup avant que l'arme ne lui glisse des mains. La pierre qu'il tenait jusque-là fermement échappa elle aussi à son emprise et tomba au loin.

Le loup n'émit même pas un couinement lorsque la lame traversa sa peau. Il ne paraissait ressentir aucune douleur. Celle-ci semblait se muer en une colère accrue. Dans un grognement, il tenta de saisir la gorge d'Ahuli entre ses crocs. Sa mâchoire claqua à un doigt du cou du jeune homme, qui sentit le souffle étrangement glacial de l'animal caresser sa peau.

Frustré que le goût du sang n'envahisse pas sa bouche, le loup tenta une nouvelle attaque, puis une seconde, sous le regard impuissant de Laya. Ahuli ne tiendrait pas longtemps face à ce monstre.

La chose se confirma rapidement. Dans l'énergie du désespoir, le jeune homme voulut repousser son adversaire des deux mains. Son bras gauche glissa, permettant au loup démoniaque de le saisir entre ses crocs.

Ahuli serra les dents pour ne pas hurler de douleur. De son autre main, il frappait avec acharnement le museau du loup qui n'avait pas l'air de vouloir le lâcher ; le sang qui s'écoulait de la plaie semblait amplifier sa rage meurtrière.

À force de coups et de torsions, Ahuli finit par se dégager de l'étau qui emprisonnait son bras. Dans un ultime effort, il parvint même à assener un violent coup de pied à l'animal et à le faire reculer.

Tenant son bras blessé, Ahuli s'éloigna au mieux du loup avant qu'il ne revienne à la charge. C'est alors qu'il réalisa que son poignard se trouvait seulement à une coudée de lui. Tendant son bras valide, il le saisit au moment où le loup bondissait une nouvelle fois sur lui. Comprenant que cette nouvelle attaque serait fatale à son ami, Laya s'élança contre l'animal. Elle savait ce geste vain, mais elle n'avait pu le retenir.

Contrairement à ce qu'elle avait cru, la masse du loup percuta son corps avec violence. L'animal hurla de douleur et se contorsionna comme si le contact avec l'esprit lui brûlait la peau. Dans un grognement de rage, il se retourna pour mordre cet être qui osait l'attaquer. Il n'eut que le temps d'ouvrir la gueule avant que le corps de Laya ne se recouvre de flammes bleues et ne consume sa fourrure sombre.

Ahuli regardait avec effroi le combat qui se déroulait sous ses yeux, même si Laya prenait le dessus, il avait peur pour elle. Il rampa alors jusqu'à son poignard pour lui venir en aide, quand il se retrouva face à la gemme blanche. Celle-ci luisait avec force. Le battement qui l'animait était d'une telle puissance et d'une telle vivacité qu'il la faisait vibrer, émettant un bruit cristallin contre la roche où elle avait échoué.

Alerté par un grondement menaçant, Ahuli détacha son regard de la pierre et se retourna. Dans un grognement féroce, le loup fit apparaître une crinière de flammes vertes qui repoussa le pouvoir de l'esprit. Surprise, Laya baissa sa garde, laissant la place au loup qui, sans attendre, la saisit à la gorge. Au moment même où les crocs traversaient la peau immatérielle de Laya, celle-ci se changea en flammes. En un clin d'œil, elles pénétrèrent dans la gueule du loup avant qu'il ne réagisse.

– Laya !

Ahuli savait son appel vain. Il tenta de se mettre sur ses pieds pour rattraper son amie avant de trébucher. Lorsqu'il releva les yeux, Laya avait disparu.

– Non !

Fixant le loup, Ahuli n'osait plus bouger. Ce monstre n'allait faire qu'une bouchée de lui. Il devait se rendre à l'évidence : le loup blanc n'existait pas, seul le loup noir vivrait. Comme dans sa vision, il arrivait trop tard.

Lentement, le loup démoniaque se tourna vers lui, crocs apparents. S'il avait été humain, Ahuli aurait parié qu'il lui aurait adressé un sourire de triomphe. Le loup ne se délecta pas plus longtemps de sa supériorité. Il bondit en direction de sa proie pour en finir pour de bon.

Dans un ultime réflexe, Ahuli poussa sur ses jambes, glissa jusqu'à son poignard qu'il saisit de sa main valide et se retourna sur le dos, lame tournée vers le ciel, au moment où le loup s'écrasait sur lui.

Ahuli ne prit pas le temps de savoir si son adversaire riposterait. Profitant de son avantage, il tira de toutes ses forces sur l'arme et la remonta vers lui, faisant jaillir un flot de sang accompagné de flammes bleues. Dans un geste rapide, il réussit à se dégager et trancha la gorge du prédateur avant de le repousser au loin.

Contrairement à la première fois, l'animal avait laissé échapper un couinement strident quand la lame avait traversé sa peau. Le feu bleu qui s'extirpait des blessures semblait le consumer de l'intérieur.

Ahuli regardait le loup se contorsionner de douleur en silence. Bien que ce dernier ne parût pas en état de riposter, le jeune homme se tenait tout de même prêt, quand soudain, un courant froid lui effleura la joue.

– *Prends la pierre...*

La voix n'avait été qu'un souffle à peine audible. Ce n'était peut-être même que l'esprit d'Ahuli qui lui jouait des tours suite à la grande quantité de sang qu'il avait perdue. Le jeune homme raffermit la prise sur son arme, attentif.

— *La pierre, Ahuli.*

Cette fois, la demande avait été parfaitement claire. Fronçant les sourcils, Ahuli tourna son regard vers la gemme qui brillait avec ardeur à quelques pas de lui. Il jeta un œil vers le loup pour revenir à la pierre.

Alors qu'il commençait à douter de sa capacité à discerner le rêve de la réalité, une force lui dicta clairement quoi faire. Sans aucune hésitation, il se redressa, ramassa la pierre et boita vers le loup à l'agonie. Une fois à sa hauteur, il l'acheva.

Son coup de poignard net et précis transperça le cœur de l'animal qui laissa échapper un dernier souffle avant de cesser de s'agiter. Continuant avec application le rituel que lui murmuraient les Anciens, Ahuli retourna le cadavre sur le dos, le vida et plaça la gemme là où se trouvait précédemment le cœur.

Les gestes d'Ahuli se faisaient de façon automatique. On aurait dit qu'il avait toujours su ce qu'il devait accomplir. Pour finaliser le rite, il enflamma les entrailles et posa sa main sur la cage thoracique du loup en déclamant l'incantation que les Anciens venaient d'incruster dans son esprit. Lorsqu'il eut prononcé le dernier mot, un lourd silence s'installa sur le lieu. Même la nature alentour s'était tue, comme si elle retenait son souffle en attendant le dénouement de cet étrange rite.

Soudain, le loup s'enflamma. Des flammes d'un bleu azuré recouvrirent son corps et la main d'Ahuli, qui ne broncha pas, comme le lui ordonnaient les Anciens.

Des filins visqueux semblaient se détacher du pelage du loup démoniaque. Un à un, ils s'enflammaient dans un feu follet vert qui disparaissait après consumation, laissant apparaître une fourrure blanche immaculée.

Quand enfin l'entièreté du pelage noir du loup se fut dissoute sous le feu bleu des Anciens, Ahuli cligna des yeux et reprit peu à peu ses esprits et le contrôle de son corps, puis il tourna son regard vers le loup. Ce dernier s'agita légèrement. Le jeune homme ne put retenir un sursaut. Il retira vivement sa main de la cage thoracique à présent totalement refermée et couverte de racines claires qui remontaient de chaque côté du buste de l'animal.

Ahuli recula prudemment sans quitter le loup des yeux. Celui-ci se coucha sur le côté en observant les alentours. Il bâilla dans un couinement et tourna la tête dans tous les sens, comme s'il cherchait quelque chose. Quand ses yeux bleus se posèrent sur lui, Ahuli se figea. Bien que l'attitude du loup ne semblât en aucun cas agressive, le jeune homme n'osa pas bouger.

Le loup le fixa un court instant, puis émit un jappement enjoué et lui sauta dessus. Par réflexe, Ahuli porta ses mains devant lui en fermant les yeux. Le loup ignora ce geste et se faufila entre ses bras pour venir coller sa truffe humide sous son nez et passer sa langue contre sa joue. Surpris, Ahuli rouvrit les yeux et reçut un second coup de langue. Il saisit la tête de l'animal entre ses mains pour l'éloigner. Ce dernier se laissa faire sans aucune résistance, le fixant juste de son regard bienveillant et familier.

— Laya ? souffla le jeune homme en reconnaissant son amie.

Heureuse qu'il ait fait le rapprochement, la louve jappa et se blottit entre ses bras. Elle avait enfin retrouvé son corps, celui qu'un esprit maléfique lui avait enlevé à la naissance. Il avait erré sans réel but autre que tuer les pauvres âmes croisant sa route, et ce, depuis des décennies. Mais aujourd'hui, cela allait cesser, car Laya avait retrouvé son corps, grâce à Ahuli.

Le jeune homme ne connaissait pas l'entièreté de l'histoire et s'en moquait bien, il avait aidé à trouver une enveloppe terrestre à son amie, c'est tout ce qui comptait pour lui. Heureux pour elle, il resserra ses bras autour de la louve pour partager sa joie et enfouit son visage dans son pelage en souriant.

Bien qu'il ne l'avouerait jamais, il avait eu peur que Laya ne l'abandonne une fois leur quête accomplie. Jamais il n'aurait cru le dire avant leur rencontre : jamais il n'aurait cru rencontrer un être comme Laya, un esprit aussi proche du sien tout en étant unique. Si elle avait dû partir, leur séparation l'aurait déchiré, il le savait.

***

Peu de temps après que Laya eut réintégré son corps, Ahuli lui avait confectionné un masque en écorce de bouleau. Bien que la louve fût douce, sa présence auprès du jeune homme effrayait les siens. Aidé de Chy, il avait donc élaboré un rituel unique permettant à Laya de porter ce masque qui ferait d'elle un véritable totem, le tout premier totem. Elle aurait le statut d'une créature respectée, à l'égal de son ami humain, et plus celui d'un potentiel prédateur.

Suite à cela, Laya et Ahuli parcoururent la terre des Anciens des années durant afin de partager leur savoir, mais également le rite que les Anciens leur avaient légué. Peu à peu, l'ancienne tradition laissa place à la nouvelle. Chaque Onkhawmik put partir à la recherche de son animal totem et ainsi se lier à lui définitivement dès son entrée à l'âge adulte, et jusqu'à sa mort.

AKWATA
LA LEGENDE DU CORBEAU BLANC

AKWÄTA :
La légende du Corbeau Blanc

Dans le ciel, les nuages ressemblaient à un amas cotonneux. Noirs comme de l'encre, ils ne laissaient percer aucun rayon de soleil. La quantité phénoménale de neige qu'ils déversaient s'ajoutait à l'épais manteau qui recouvrait les versants de la montagne sacrée. La tempête permanente, qui faisait rage en ce lieu depuis l'aube du monde, servait de protection à ce sanctuaire, empêchant quiconque d'y pénétrer.

D'après la légende, seules les âmes, libérées de leur enveloppe charnelle, pouvaient espérer braver ce blizzard et ainsi atteindre le sommet de cette imposante montagne, unique porte menant aux plaines sacrées, demeure des Anciens. Un lieu que chacun désirait fouler à l'heure de sa mort pour retrouver ceux qui avaient disparu du monde des vivants, mais aussi pour veiller sur leurs descendants, qui n'avaient pas encore rejoint ce sanctuaire.

Le vent hurlait entre les pics rocheux, tels de sinistres appels. La mort semblait planer en ce lieu pourtant sacré. Aucun être vivant n'aurait osé s'y aventurer. Aucun ? Une vieille femme avait le cran de braver les éléments, de surmonter l'épreuve des

Anciens. Cette femme se nommait Wakanda. Elle était la chamane du clan du Corbeau Blanc, clan qu'elle avait fondé des décennies auparavant.

Emmitouflée dans sa cape, Wakanda avançait avec peine. Le vent et la neige la ralentissaient fortement. Seul son visage, recouvert de tatouages complexes, perçait au milieu de toute cette fourrure. De loin, on aurait cru voir un petit ours perdu dans la tempête. Malgré l'épaisseur de ses vêtements, la chamane était frigorifiée. Ceux-ci ne la protégeaient que trop peu des températures glaciales du lieu.

Exténuée, Wakanda se mit à la recherche d'un endroit pour s'abriter quelques instants du vent. Plissant les yeux, elle sonda les ténèbres et repéra finalement une masse plus sombre qui s'avéra être un rocher assez grand pour qu'elle puisse s'y reposer. Quand elle l'eut atteint, elle plaqua son dos contre la pierre froide, à bout de souffle. S'appuyant sur son bâton, elle ferma les yeux et entreprit de reprendre sa respiration, profitant de ce moment de répit.

Gênée par ses moufles, elle réajusta sa prise sur son bâton quand son regard tomba sur la sculpture de corbeau qui ornait ce dernier. Une profonde nostalgie l'envahit alors. Elle caressa l'objet en os. Les souvenirs du peu de temps qu'elle avait pu passer auprès de son corbeau firent irruption dans son esprit. Un sourire triste se dessina sur ses lèvres.

– Ne t'en fais pas, Gaagi, je serai bientôt là, murmura-t-elle.

Elle devait continuer de se battre. Ce n'était pas cette tempête qui lui ferait faire demi-tour ! Elle devait atteindre le sommet pour Gaagi, son totem.

Le corbeau, désigné par les Anciens pour la guider et la protéger durant sa vie, était malheureusement mort depuis de longues années. En temps normal, la disparition d'un totem entraînait celle de son propriétaire. Mais les circonstances firent que ce ne fut pas le cas de Wakanda, et bien qu'elle eût vécu plus longtemps sans lui qu'avec, la mort de Gaagi avait été un des moments les plus douloureux de sa vie. Cela, et bien d'autres encore, mais la vieille femme préférait ne plus penser à ces temps sombres. À présent, elle avait un nouvel objectif : rejoindre les siens, du moins ceux qui l'attendaient déjà au sommet, et veiller sur son fils et sa famille, qui vivaient toujours au village.

Wakanda prit alors une grande inspiration pour se donner du courage et s'écarta du couvert de son abri pour se remettre en route. Quand elle dépassa le rocher, le vent la happa violemment, lui coupant le souffle. Plantant profondément son bâton dans la neige, la chamane s'aida de ce dernier pour continuer sa lente ascension.

***

Wakanda lutta pendant ce qui lui parut être des heures. L'absence de soleil et la tempête continue ne lui permettaient pas de savoir depuis combien de temps elle bravait ainsi les éléments. Avançait-elle réellement ? Ce rocher ? Était-il celui derrière lequel elle s'était abritée plus tôt dans la journée ? Non, ce dernier était bien plus gros.

Autour d'elle, un chaos sans couleur brouillait ses sens. Les flocons lui fouettaient sans interruption la moindre parcelle de peau qui dépassait de sa protection de fourrure. Son visage la brûlait. Ses lèvres étaient engourdies. La puissance du vent faisait s'échapper des larmes de ses yeux mi-clos. Elles venaient ensuite lui geler les cils, l'empêchant alors de voir convenablement où elle mettait les pieds. Plus d'une fois, elle avait failli tomber dans une crevasse. Mais cela ne l'arrêta pas pour autant ! Protégeant son visage de son bras libre, elle avançait inlassablement et avec détermination, se penchant toujours plus en avant pour ne pas être renversée par la violence des rafales.

De temps à autre, Wakanda crut apercevoir une lueur bleutée entre les flocons. La fatigue et sa difficulté à respirer lui jouaient certainement des tours. La chamane continuait sa route, ignorant les alertes que lui donnait son corps. Il était hors de question qu'elle fasse marche arrière. De plus, au vu de son grand âge, qu'elle aille de l'avant ou qu'elle rebrousse chemin reviendrait au même : elle mourrait, et ce, avant d'avoir atteint son objectif. C'était déjà un miracle qu'elle ait pu arriver aussi loin sur la montagne.

***

Alors qu'elle sentait ses forces diminuer et son pas ralentir, le vent s'arrêta subitement, manquant de la faire tomber en avant. La vieille femme se rattrapa *in extremis* à son bâton en le plantant dans l'épais manteau neigeux et y resta accrochée un bon moment, reprenant péniblement son souffle. Cette accalmie était la bienvenue.

Quand elle fut de nouveau d'attaque, Wakanda releva la tête et ne put retenir un cri de surprise. Devant elle se tenait une petite flammèche bleue. Un bleu lumineux qui n'aurait pu tromper personne. C'était la lumière des Anciens ! Celle qui animait les totems ! Avait-elle enfin atteint son but ? Était-elle morte ?

Sondant les alentours, elle n'eut pas sa réponse. Mais une chose était sûre : elle n'était pas au sommet. Elle se trouvait dans un renfoncement, entourée d'un monumental mur de glace. Du moins à première vue, car de plus près, on pouvait discerner la roche noire qui constituait la montagne à travers. Levant les yeux au ciel, la vieille femme put voir que les nuages avaient totalement disparu, laissant place à une magnifique voûte étoilée que seule la lune venait perturber de sa douce lumière.

C'est alors que Wakanda réalisa que les flocons s'étaient figés dans leur course, comme suspendus par des fils d'araignée. La chamane se rapprocha de l'un d'eux. Lorsqu'elle le toucha, la petite particule blanche reprit lentement son chemin vers le sol.

Reportant son attention sur le feu follet, Wakanda remarqua que ce dernier virevoltait avec joie. On aurait pu croire qu'il était heureux de la trouver. Cette impossible pensée ne manqua pas de faire sourire la vieille femme.

Soudain, l'esprit commença un étrange manège. Il s'approchait lentement jusqu'à elle et repartait subitement dans la direction opposée. Il réitéra cela trois fois avant qu'elle ne comprenne qu'il lui demandait de le suivre. Wakanda avança d'un pas. La flamme s'arrêta. Puis, suite à ce qui semblait être un nouveau signe de joie, elle reprit sa route en voletant joyeusement, guidant la vieille femme à travers la nuit.

***

Wakanda aurait cru que cette seconde partie serait plus simple, mais elle se trompait lourdement. Plusieurs fois, elle dut escalader des parois glissantes ou enjamber de petits ravins. Plus elle avançait, plus l'excitation d'atteindre enfin le sommet montait en elle.

Se hissant péniblement sur une nouvelle plateforme rocheuse, la vieille femme décida de faire une pause. Repérant une

60

pierre plate, elle s'y dirigea et s'assit dessus. Cet arrêt imprévu parut contrarier son guide qui vint lui tourner autour du visage.

– Je ne suis plus toute jeune, tu sais ! lui dit la vieille femme en le repoussant doucement.

L'esprit se plaça face à elle et grossit légèrement pour montrer son mécontentement.

– Si on m'avait dit que les esprits étaient aussi caractériels, je n'y aurais jamais cru ! rit-elle.

Alors que Wakanda s'amusait du comportement de son petit guide, une nouvelle flamme apparut entre les rochers, la surprenant. Il y en avait donc plusieurs à adopter cette forme ? Wakanda dirigea son regard bienveillant vers la nouvelle venue et tendit la main pour l'inviter à la rejoindre. Bien plus peureux que son comparse, l'esprit restait caché. Seule la lumière qu'il diffusait permettait de discerner sa présence derrière la roche sombre.

– Je ne vais pas te faire de mal, approche.

La douceur de la voix de la chamane parut convaincre le feu follet bleu qui finit par s'approcher timidement et se poser dans sa paume. Wakanda profita de son immobilité et de sa proximité pour étudier l'esprit d'un peu plus près ; chose que son guide, bien plus vivace, ne lui avait pas permis de faire.

La flammèche semblait la regarder. Wakanda plongea ses yeux dans sa lueur réconfortante, puis elle sursauta. Une étrange joie, qui n'était pas la sienne, venait d'envahir son cœur. Cette réaction soudaine apeura la petite flamme qui partit à nouveau se cacher. Cela parut amuser le guide lumineux de la chamane.

Qui étaient réellement ces esprits ? Certainement pas des Anciens, leurs comportements étaient bien trop enfantins pour être celui d'entités millénaires veillant sur le monde et ses secrets. Wakanda regarda son guide retrouver son congénère. On aurait cru qu'il le rassurait silencieusement. Tout compte fait, ces deux-là pouvaient faire partie des Anciens.

Un sourire étira les lèvres de la chamane, si les hommes connaissaient l'insouciance de ceux qui veillaient sur eux, peut-être que leurs actes seraient différents ? Peut-être que leur folie et leur violence disparaîtraient ? Cette dernière pensée effaça instantanément le sourire de la vieille femme. Non. Certains hommes étaient bien trop meurtris ou mauvais pour changer, considérant malheureusement la violence comme seul moyen d'expression. Wakanda soupira.

Comme s'il avait pris conscience de la tristesse de la chamane, le petit guide se posta devant elle, rapidement rejoint par son comparse.

– Ne vous inquiétez pas, un jour, cela cessera. Du moins, je l'espère.

Elle se força à leur sourire et se remit sur ses jambes. Son passé ne devait pas impacter son voyage. De plus, ces événements qui la tourmentaient étaient désormais loin derrière elle et plus rien ne pouvait les modifier. Les deux flammèches continuèrent de la regarder, flottant faiblement au ras du sol. C'est alors que la chamane ressentit une agréable chaleur monter en elle. Ses deux amis tentaient de la réconforter ! Ces petits êtres étaient de plus en plus étonnants ! Elle les remercia d'un sourire et leur indiqua qu'elle était de nouveau prête à repartir.

L'étrange groupe reprit sa route. Malgré le froid environnant, la vieille femme ne grelottait plus. La lourde peau qui la recouvrait paraissait également ne plus rien peser, comme si sa fatigue avait totalement disparu. Certainement grâce aux esprits qui l'accompagnaient, et qui la suivaient désormais par centaines. Certains la regardaient passer entre les rochers, d'autres virevoltaient joyeusement autour d'elle. D'autres encore glissaient au sol, tel un tapis de douces flammes. Tous sans exception la guidaient dans une unique direction : le sommet de la montagne sacrée.

Émerveillée par ce surprenant cortège, Wakanda mit un moment à remarquer que les feux follets qui l'entouraient s'étaient figés, la laissant continuer seule sur quelques pas. Tous semblaient fixer un point sur les hauteurs. La vieille femme avait beau plisser les yeux, elle ne distinguait rien d'autre qu'une magnifique aurore boréale bleue. Elle tourna son regard vers son guide, qui lui indiqua d'avancer. Resserrant sa prise sur son bâton, la chamane s'exécuta.

Laissant ses nouveaux amis, Wakanda reprit sa route d'un pas déterminé. Il ne lui restait que quelques mètres avant d'enfin arriver à son but ! Le sommet était là ! La fin de son voyage.

Quand elle l'eut atteint, la beauté de la vue lui coupa le souffle. L'immense lac qui se trouvait au pied de la montagne paraissait minuscule, brillant sous la clarté de la lune descendante. L'aurore boréale s'y reflétait également, créant de magnifiques couleurs irisées sur sa surface.

Soudain, Wakanda sentit un mouvement sur sa droite, qui la sortit de son émerveillement. La chamane se figea. Personne ne pouvait être là, mis à part elle. Même les animaux n'osaient s'aventurer ici. La fatigue, qui était rapidement revenue après qu'elle eut quitté les feux follets, devait de nouveau lui jouer des tours. Cette pensée la détendit, bien qu'elle restât à l'affût.

À présent, elle devait trouver un moyen d'entrer en contact avec les Anciens. Observant attentivement le lieu, elle fut déçue de ne voir aucun indice. Seul un sentier de pierres gelées semblait ouvrir une voie pour contourner la pointe du sommet. Wakanda n'hésita pas longtemps avant de l'emprunter. Elle n'avait de toute façon aucune autre piste à suivre.

Le chemin donnait accès à une plateforme rocheuse. Intriguée, la vieille femme s'avança prudemment. C'est alors qu'elle le vit. Un magnifique loup blanc, allongé sur la roche nue. Son pelage, constitué de flammes bleues et de filaments nacrés, illuminait la nuit plus intensément que n'importe quel feu. Wakanda resta sans voix face à la beauté de l'animal. Était-ce une manifestation du premier totem ? Le loup inclina la tête pour la saluer. Déconcertée par ce geste, la chamane mit un moment à lui répondre.

Le loup la regarda longuement de ses yeux bleu clair. Son regard était empli d'une profonde sagesse, mais également d'une compassion qui surprit la vieille femme. On aurait cru qu'il savait ce qui l'amenait à lui, qu'il savait ce qu'elle avait vécu. L'intensité de l'échange silencieux perturba la chamane. Il était clair qu'on ne pouvait rien cacher à cet animal, du moins, s'il en était réellement un... Car l'expression qui habitait le regard de la bête avait tout d'humain. Il l'était peut-être même plus que celui de nombreux hommes.

Hésitante, Wakanda entreprit de s'approcher de l'esprit. Elle n'osait cligner des yeux, craignant de le voir disparaître en les rouvrant. Mais ce ne fut pas le cas. Le loup l'observait avancer vers lui, immobile. Quand elle fut assez près, il se redressa. Wakanda se figea. Le regard bienveillant de l'animal finit par la rassurer. Elle se remit alors en mouvement.

La chamane n'était plus qu'à un pas du loup quand elle s'arrêta. Contre toute attente, l'animal tendit son museau vers elle. Hésitante, la vieille femme l'effleura du bout des doigts avant d'y poser délicatement sa main. C'est alors que les flammes qui le constituaient happèrent son bras. Surprise, Wakanda tenta de reculer, en vain. Ses pieds étaient comme fixés au sol.

— *Laisse-moi t'aider... Je suis là pour te guider vers les tiens...*

La voix avait résonné dans son esprit. Douce et bienveillante. La vieille femme croisa le regard du loup. Il cligna lentement des yeux comme pour l'apaiser. De nouvelles flammes apparurent. Semblant sortir du sol, elles remontèrent le long des jambes et du buste de la chamane pour rejoindre son bâton. La gemme qui surmontait ce dernier se mit subitement à briller.

Jusqu'à aujourd'hui, celle-ci avait toujours été terne, vidée de l'énergie vitale qui l'avait auparavant animée. Se nourrissant de cette source de pouvoir ancien, elle paraissait à présent reprendre vie, s'illuminant de plus en plus intensément sous le regard émerveillé de sa propriétaire. Les flammes, qui recouvraient désormais entièrement son corps, devinrent également plus puissantes. La luminosité atteint une telle intensité qu'il fut bientôt impossible de discerner la chamane et le loup.

Quand celle-ci diminua enfin, tous deux avaient disparu. À leur place se trouvait le bâton de Wakanda, planté dans la neige. Sur la gemme, qui brillait à présent faiblement, était perché un magnifique corbeau blanc.

Les premiers rayons de soleil firent alors leur apparition, faisant étinceler la neige. L'oiseau s'ébroua et poussa un croassement qui résonna longuement dans la montagne, puis il prit son envol, laissant seul le bâton de la vieille chamane, laissant veiller sur ce lieu sacré ce bâton qui ne portait plus la figurine de corbeau en os. Il n'en avait plus besoin désormais, l'âme de ce dernier avait été libérée. Wakanda et Gaagi ne faisaient plus qu'un, comme l'avaient écrit les Anciens à l'aube du monde.

LA PIERRE DES DÉCHUS

La Pierre des Déchus

Il y a de cela des années, au plus profond de la forêt sombre, résidait le clan de la Couleuvre. Depuis quelque temps, un étrange mal rongeait ses membres sans que personne, pas même Shania, leur chamane, ne puisse rien y faire.

Malgré ses incantations, ses prières et ses concoctions, la forte fièvre accompagnée de boutons purulents emportait ses amis et sa famille. Un à un.

Un soir sans lune, alors que sa plus jeune sœur succombait à son tour au mal, Shania prit la décision de contacter des forces plus puissantes, sans même en informer le conseil du village. Rassemblant ses herbes et ses potions, elle pénétra au plus profond de la forêt. Seul son totem Miina, un hibou au plumage sombre, put l'accompagner. Volant entre les branchages, l'oiseau veillait à ce que personne ne les suive et avertissait Shania d'un hululement sourd au moindre mouvement suspect.

Il fallut plusieurs détours au duo pour enfin atteindre la Pierre des Déchus, lieu interdit dissimulé derrière une cascade végétale. Poussant les feuillages, la chamane découvrit une entrée sombre et froide. Des soupirs semblaient en sortir. Elle lança un regard à Miina, qui la devança, utilisant sa vision nocturne pour la guider dans les ténèbres.

Shania souffla pour s'encourager. Si elle était là, c'était pour sauver son village. Elle pénétra dans la grotte au moment même où la lumière bleutée qui émanait du cœur de son totem disparaissait dans les profondeurs du lieu.

– Miina, attends-moi !

Son appel se répercuta en un écho lugubre auquel le hibou répondit par un sifflement avant de réapparaître entre les stalactites. Réprimant un frisson, Shania avança à tâtons, trébuchant régulièrement sur les roches érodées par le temps.

Après ce qui lui sembla être une éternité, une lueur verdâtre pulsa dans les ténèbres. Enfin, la pierre ! Son mentor lui en avait parlé plus d'une fois, lui rappelant à quel point cet artefact maudit pouvait être dangereux, mais également très puissant. C'est ce dernier détail qui avait poussé la femme à s'aventurer aussi profondément dans la caverne : si les Anciens ne pouvaient pas l'aider, les Êtres Déchus le pourraient peut-être !

Si la lune avait été pleine, la chamane aurait pu distinguer les effets du temps sur la surface polie de la pierre ainsi que les racines qui l'englobaient, mais elle n'avait pas besoin de la lumière de l'astre pour contempler les gravures luminescentes sur la roche. Celles-ci la recouvraient totalement, parfois interrompues par des plaques de mousse plus épaisses qui semblaient elles aussi luire de l'intérieur.

Ces gravures représentaient un être humain, vraisemblablement un homme. Du moins, c'est ce que le corps laissait supposer, car sa tête n'avait rien d'humain. D'immenses bois la surmontaient et sa mâchoire était composée de dents longues et tranchantes.

Quelle était cette créature ? Un wendigo ? Ou cet homme était-il simplement un chaman en tenue rituelle ?

Shania n'était à présent plus qu'à un pas de la pierre. Elle le réalisa tardivement. Les pulsations lumineuses, presque hypnotiques, de l'artefact ne lui avaient pas laissé le temps de se rendre compte du chemin qu'elle avait parcouru.

Miina hulula comme pour l'avertir, mais la chamane ignora son appel. À la fois fascinée et effrayée par le spectacle, Shania suivait les gravures du regard, les doigts à quelques centimètres seulement de la surface mousseuse.

Quand sa main entra en contact avec la roche, elle constata que celle-ci n'était pas froide, comme elle l'avait imaginé, mais chaude, animée d'un subtil battement qui pulsait à l'unisson avec la lueur verte de son cœur minéral.

Shania lança un regard à son totem, qui lui répondit d'un gonflement de plumes : Miina n'aimait pas du tout cet endroit où elle sentait planer la mort.

– Il n'y a aucun danger, ce n'est qu'une pierre, lui dit la chamane en souriant.

Elle tendit le bras pour ébouriffer la tête de son hibou.

Au moment où ses doigts glissaient dans le plumage de l'oiseau, une violente décharge la traversa. Des flammes vertes émergèrent des gravures de la pierre sans que Shania ne puisse en retirer sa main. Miina tomba immédiatement au sol, comme foudroyée.

La chamane poussa un cri de douleur quand le feu démoniaque commença à remonter le long de son bras.

— *Ne te débats pas de la sorte*, susurra une voix dans son esprit.

Shania se crispa, se retenant une nouvelle fois de hurler. Chacun des mots prononcés par cette voix ni féminine ni masculine semblait lui arracher un morceau de son âme.

— *Alors ? Pourquoi es-tu là, Shania ?*

Surprise que la créature connaisse son nom, la chamane ne répondit pas, fermant les yeux pour tenter de supporter au mieux la douleur qui l'irradiait. Elle sentit comme un mouvement sur sa droite, mais n'eut pas la force de tourner la tête. Le souffle froid glissa sur sa joue, que les larmes recouvraient déjà. Une nouvelle douleur lui comprima le crâne.

— *Ooooh, tu veux sauver ton village ? Les Anciens vous délaissent ?* rit la voix. *Et tu viens nous chercher ? Malgré l'interdiction ?*

Shania hocha la tête.

— Aidez-nous, s'il vous plaît, implora-t-elle, espérant que le démon fasse cesser au plus vite cette douleur insupportable.

Le souffle glacial l'engloba complètement. Elle frissonna. On aurait dit qu'une multitude de mains fantomatiques caressaisent son corps. L'une d'elles effleura son cou et vint lui relever le menton.

Face à elle, une brume noire et visqueuse commençait à se mouvoir, glissant autour d'elle, comme appelée par la pierre. Puis, petit à petit, elle la surplomba jusqu'à former une masse humanoïde. Deux brasiers verts illuminèrent son visage composé d'un crâne de cerf à la mâchoire de loup surmontée de bois d'où semblaient pendre des morceaux de chair putréfiée.

— Ne me faites pas de mal, sanglota Shania. Je veux juste aider mon clan.

L'ombre sourit, dévoilant un peu plus ses crocs, puis elle se pencha vers elle.

— Pourquoi te ferais-je du mal ?

Des tentacules visqueux s'enroulèrent autour des poignets et des chevilles de la chamane à présent à genoux, le regard levé vers la créature.

— Parce que vous êtes un wendigo, répondit Shania dans un souffle.

La créature émit un rire caverneux.

— Tu penses donc que je vais me repaître de ton cœur pour boire ton âme ?

Shania hocha la tête. Pourquoi était-elle venue ici ? Si les Anciens avaient interdit à son clan de s'approcher de cette maudite pierre, c'était bien pour une raison !

– Et ce n'est pas celle que tu crois, lui dit le wendigo en laissant ses extensions brumeuses glisser sur le corps de sa victime. Je ne vais pas te tuer, encore moins me repaître de ton âme, ce serait dommage de me priver d'un hôte aussi utile que toi...

Shania commença à trembler. Elle redoutait la suite des événements.

— Chuut... Calme-toi, murmura la créature en s'approchant de son oreille. Tu ne sentiras rien.

Elle leva l'une de ses mains fantomatiques au niveau du cœur de la pauvre chamane et posa la seconde sur son front. Shania frissonna au contact glacial du wendigo. Son odeur cadavérique lui aurait donné des haut-le-cœur si elle n'avait pas été paralysée par la peur.

Sur sa gauche, la brume entoura Miina et l'éleva au-dessus du sol, écartant ses ailes pour dévoiler sa poitrine et par la même occasion la gemme des Anciens qui, quelques instants auparavant, l'animait encore. Celle-ci pulsait légèrement. Dans peu de temps, elle cesserait définitivement de luire.

Shania laissa échapper un nouveau sanglot. Par sa faute, son totem était mort et elle le suivrait bientôt, abandonnant sa dépouille à cette répugnante créature.

Tandis qu'elle se disait cela, elle sentit un liquide froid remonter le long de ses veines. Plus il s'insinuait dans son être, plus son esprit s'engourdissait. À ses côtés, Miina subissait le même traitement. Les filaments entouraient son corps, glissant dans la gemme et remplaçant son cœur.

Celle-ci se remit subitement à luire. Mais pas de la douce lueur bleutée des Anciens, non. À présent, une aura verdâtre l'animait. Des flammes, de la même couleur, émanèrent de son plumage sombre. Puis enfin, le hibou ouvrit les yeux.

Shania fixa son totem avec effroi. Ce regard, à la fois fou et mort. Cette lueur maudite illumina le visage de la chamane quand elle poussa un hurlement de douleur. Le wendigo s'insinuait en elle sans même prendre soin d'apaiser son âme. Celle-ci fut submergée par la puissance maléfique.

Le corps tendu à l'extrême de la chamane ne pouvait en supporter plus et pourtant, il y arrivait, comme si le wendigo utilisait cette douleur pour pénétrer toujours plus profondément dans l'âme de la jeune femme.

Lorsqu'enfin il y parvint, la Pierre des Déchus retrouva sa douce pulsation. Shania, elle, était courbée en avant, le corps secoué de tremblements incontrôlables.

***

Shania ne rejoignit pas le village au petit matin, ni même les jours suivants. Les Couleuvres s'en inquiétèrent. Où pouvait être leur chamane ? Que feraient-ils sans elle ? Il y avait bien le guérisseur qui pouvait s'occuper des maux physiques, mais qui repousserait le mal qui les entourait ?

Les jours, puis les semaines passèrent sans que la chamane ne donne signe de vie. Tous crurent qu'elle avait décidé de rejoindre les Anciens, trop marquée par la mort de sa sœur, quand enfin, elle réapparut. Ses vêtements arrachés et ses yeux cernés firent craindre le pire au guérisseur, mais la pauvre femme ne pouvait rien lui dire. Ses lèvres desséchées n'émettaient plus aucun son. La disparition de son totem en était certainement la cause, tout comme pour ses crises de panique soudaines.

Grâce aux soins prodigués, l'état de Shania resta stable, du moins durant un moment. Parfois, elle se mettait à parler une langue inconnue. Les nuits suivantes, un hululement lugubre hanta les ténèbres. Il fut décidé de l'écarter du reste du clan, le temps qu'un autre chaman lui vienne en aide.

Puis, un soir sans lune, elle fut prise d'un coup de folie. Le regard vide de toute expression, elle se leva, alors qu'elle en était bien incapable jusque-là, et massacra tout le village.

Personne ne parvint à l'arrêter, pas même les guerriers les plus aguerris. Un à un, les corps de ceux qu'elle avait voulu sauver tombèrent sous ses coups. Les forces maléfiques l'aidaient dans sa tâche. Une fois cela accompli, le démon en elle se manifesta, demandant à ce que les âmes de ces villageois lui soient offertes. Obéissant à son maître, Shania prépara les corps et effectua le rite. Cette nuit-là, seuls les murmures des morts habitèrent la forêt.

Un groupe de chasseurs du clan voisin arriva dès le lendemain, alerté par la multitude de totems sans vie aux alentours du village. Ce qu'ils découvrirent leur glaça le sang. Les corps des Couleuvres avaient été disposés au sol pour former la marque du démon entourée d'un cercle composé de morceaux de corps décharnés. Personne n'osa y toucher, pas même le chaman, qui ordonna de brûler l'endroit qu'il viendrait purifier une nuit de pleine lune. En attendant, tous avaient interdiction de passer la ligne protectrice qu'il avait dessinée.

Les nuits suivantes, une silhouette rôda autour du clan, accompagnée d'une ombre volante. Certains affirmaient voir un totem décharné. D'après leurs dires, des symboles luminescents ornaient son squelette partiellement apparent, comme si quelqu'un les y avait gravés. On racontait qu'à chaque fois que l'oiseau était aperçu, des hommes et des femmes disparaissaient. À l'aube, seuls des morceaux de corps étaient retrouvés, rendant impossible l'identification de leur propriétaire.

Le démon parcourut ainsi la région durant des années. Puis un jour, il n'y eut plus aucune trace de son activité, comme s'il s'était volatilisé. Du moins, c'est ce que les habitants de la forêt sombre pensèrent avant qu'un voyageur ne leur rapporte la présence d'un étrange hibou dans la forêt des Castors, située à plusieurs semaines de marche au nord-est.

ENHAWEE
LA NAISSANCE D'UN WENDIGO

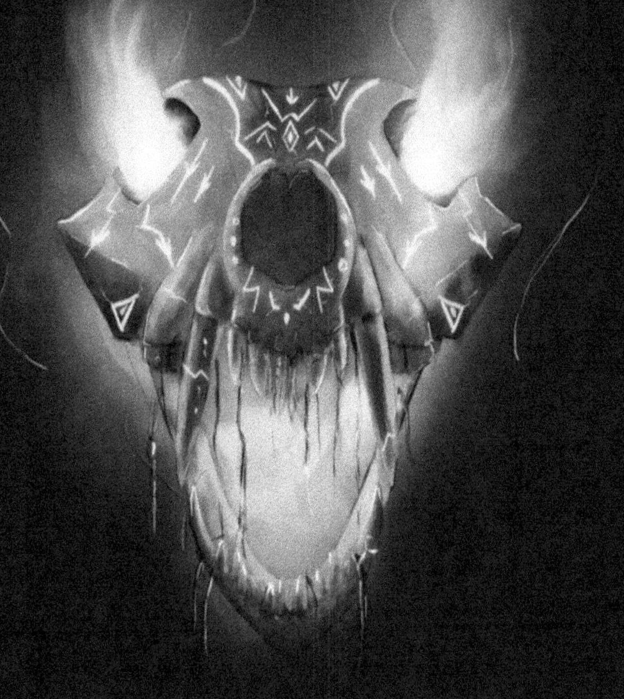

ENHAWEE :
La naissance d'un Wendigo

Les wendigos... Ce sont des êtres fascinants. Tantôt des monstres sanguinaires mangeurs de chair humaine, tantôt des créatures vicieuses prenant possession de pauvres âmes perdues. Quoi qu'il en soit, tous les wendigos ont un jour été humains. Aujourd'hui, je vais vous conter la naissance de l'un d'eux...

***

Enhawee était une jeune femme pleine de vie qui possédait son totem depuis plusieurs années déjà. C'était un magnifique loup argenté nommé Tyee. Sa face était recouverte d'un masque en os. Les fins sillons qui le parcouraient, ainsi que ses yeux, brillaient du feu bleu des Anciens, propre aux totems. Il était rare que ces derniers choisissent cet animal pour une femme, habituellement associée à un renard quand elle se retrouvait rattachée à un canidé. Mais Enhawee faisait exception à la règle, et ce, sur bien des choses.

Contre toute attente, elle avait quitté le clan du Castor le lendemain de son retour de la quête initiatique qui l'avait liée à

Tyee. Selon ses dires, elle voulait explorer le monde, apprendre à connaître davantage ses semblables, avant de revenir à son clan d'origine pour fonder une famille.

Cela faisait maintenant dix étés qu'elle parcourait les forêts denses et les plaines verdoyantes, mais l'envie de retourner chez les siens ne se faisait toujours pas sentir.

Alors qu'elle cheminait vers le nord, elle fut surprise par un groupe d'hommes vêtus d'étranges tenues. Ces dernières, composées de multiples morceaux de tissu et de cuir attachés les uns aux autres, se fondaient parfaitement avec le paysage. Les inconnus étaient certainement des chasseurs, bien que dans un lieu aussi prolifique en gibier de grande taille, un tel accoutrement ne servait à rien. Ce qui intrigua davantage la jeune femme fut l'absence de leur totem. Jamais auparavant elle n'avait croisé quelqu'un sans son animal protecteur. Enhawee n'avait jamais eu de problèmes depuis son départ du clan du Castor, Tyee avait toujours dissuadé les éventuels agresseurs, mais aujourd'hui, la situation lui paraissait différente. Ces hommes ne la rassuraient définitivement pas.

– Pouvons-nous t'aider ? demanda le plus maigre d'entre eux.

Malgré sa carrure, on pouvait sentir sa prestance et surtout sa violence. Ses comparses se tenaient à une distance respectable. Enhawee ne répondit pas, sur ses gardes. Elle avait remarqué que ces nouveaux arrivants avaient lentement commencé à l'encercler.

– À votre place, je ne tenterais rien, dit-elle calmement.

Le maigre rit.

– Tenter quoi ? Tu es seule et visiblement perdue. Nous sommes de simples chasseurs. Si tu as besoin de te rassasier et de te reposer, nous pouvons t'accompagner jusqu'à notre village.

L'offre paraissait aimable, mais Enhawee connaissait assez les hommes désormais pour savoir que ceux-ci ne faisaient pas partie des bons. Et où étaient ces fichus totems ? Elle sonda les alentours sans les trouver.

– Ne t'inquiète pas comme ça... Nous allons nous occuper de toi...

Enhawee sortit le tomahawk qu'elle portait sous sa cape, faisant éclater de rire l'étranger.

– Tu préfères la jouer comme ça ? Attrapez-la !

Un aigle au regard de feu émergea des feuillages et fondit sur elle. La jeune femme repoussa le rapace et un des guerriers avec facilité, mais fut rapidement submergée par le nombre d'assaillants qui la neutralisèrent en un clin d'œil.

Elle fut ensuite traînée aux pieds du maigre, qu'elle fusilla du regard. Tyee, quant à lui, fut immobilisé, son museau et ses pattes entravés par de solides cordes.

Le chef s'accroupit face à Enhawee, lui attrapa le menton et commença à l'examiner. Une petite belette sortit de sa capuche, qui dévisagea à son tour la jeune femme. Ses yeux vicieux brillaient d'une lueur rouge sang.

Qui étaient donc ces hommes ? Enhawee n'avait jamais entendu parler de ce genre de totems.

– Iniwa, tu ne penses pas qu'elle l'intéresserait ? s'enquit l'un de ses agresseurs.

Le dénommé Iniwa repoussa le visage de la prisonnière et se releva.

– C'est le fait qu'elle possède un loup qui te fait dire ça ?

Il s'approcha lentement du chasseur et planta ses yeux dans les siens. L'homme recula d'un pas, visiblement peu rassuré par le comportement de son chef.

– Réfléchis un peu, elle n'en a rien à faire de son totem ! lâcha Iniwa en lui flanquant une claque sur le côté du crâne. Elle ne lui sera d'aucune utilité. Mais moi, j'ai envie de m'amuser un peu...

Se tournant vers leur captive avec un air carnassier et sadique, il n'eut rien à ajouter pour que ses hommes s'exécutent. Les chasseurs torturèrent et dépecèrent Tyee sous les yeux de sa maîtresse, lui maintenant fermement la tête pour qu'elle ne détourne pas le regard. La jeune femme ressentait le moindre coup de couteau qui arrachait la peau de son totem comme s'il s'était agi de la sienne. Elle hurlait de douleur et de désespoir, tandis que ses tortionnaires riaient à gorge déployée.

Quand ils en eurent terminé avec le loup, ils s'en prirent directement à elle, la battant et la violant à tour de rôle. Puis, lorsqu'ils en eurent assez, ils l'abandonnèrent au milieu des bois, les vêtements déchirés et en sang. Pour l'humilier une dernière fois, ils l'avaient recouverte de la peau encore sanguinolente de son totem. Cette abondance de sang attirerait certainement les bêtes sauvages, qui se chargeraient de l'achever.

Toujours fermement ligotée, Enhawee resta un long moment au sol, tremblant et pleurant la mort de Tyee. Jamais elle ne pourrait se remettre de cette épreuve.

Soudain, un ours approcha. Se figeant, Enhawee crut sa dernière heure arrivée quand l'animal frôla son visage de son imposant museau. N'osant respirer, elle pria les Anciens pour qu'il abrège rapidement ses souffrances. Mais il n'en fit rien. Après l'avoir reniflée, la bête s'éloigna d'elle.

Enhawee resta immobile un long moment encore. Les yeux rougis par les larmes, elle finit par relever la tête et s'arrêta net quand elle vit, à quelques mètres d'elle, son poignard gisant au milieu des feuilles mortes. Ses agresseurs n'avaient même pas pris la peine de le ramasser, croyant certainement qu'elle se laisserait mourir ou qu'un prédateur la dévorerait. Ils se trompaient lourdement. Alors qu'elle voyait une échappatoire, Enhawee sentit une profonde haine monter en elle. Ils allaient payer pour ce qu'ils lui avaient fait. Pour ce qu'ils avaient fait subir à Tyee !

À force d'acharnement, elle parvint à rejoindre l'arme libératrice. Ses plaies à vif la faisaient atrocement souffrir quand elles entraient en contact avec l'humus, mais elle n'en avait rien à faire. Ce qu'elle voulait, c'était se libérer. Se tortillant dans tous les sens, la jeune femme réussit enfin à couper ses liens. Puis, se relevant avec difficulté, elle marcha en quête d'un abri où se soigner et réfléchir à sa vengeance.

***

Les jours passèrent, puis les mois. Toujours vêtue de la peau de Tyee, qu'elle ne s'était pas résolue à abandonner, Enhawee arpentait les bois à la recherche de ces hommes qui lui avaient tout pris.

Petit à petit, son apparence humaine avait laissé place à un aspect plus bestial. La haine et la rancœur qu'elle éprouvait pour ses tortionnaires, associées à la douleur de la perte de son totem, avaient achevé de corrompre son esprit.

À présent, seul le sang pouvait l'apaiser, et pas uniquement celui de ses proies, non. Quiconque croisait son chemin pouvait perdre la vie. Enhawee se nourrissait de leur énergie vitale en dévorant leur cœur, le sien étant désormais rongé par le mal.

Plus le temps passait, plus son apparence devenait monstrueuse. Çà et là, elle ajoutait des trophées de ses victimes à son accoutrement. Des cheveux, des dents, des morceaux de peau ou de vêtement... Puis vint le jour où son apparence changea radicalement, le jour où l'énergie des Anciens qui constituait tout être vivant devint maléfique.

À partir de là, elle put adopter une forme fantomatique. D'étranges filaments visqueux se matérialisèrent, lui permettant de prendre un aspect bien plus effrayant. Son choix se porta sur un crâne de loup surmontant un amas de poils sales et poisseux. À travers, on pouvait encore distinguer son corps blanc et squelettique. Elle n'avait plus rien d'humain, mais elle cherchait toujours ceux qu'elle considérait comme des monstres sans cœur.

***

Envoyés par leur chamane, Iniwa et ses hommes parcouraient la région à la recherche de nouvelles proies. Cela faisait déjà plusieurs jours qu'ils arpentaient l'épaisse forêt de conifères.

Alors qu'ils discutaient autour de leur feu de camp, préparés pour la nuit, une soudaine pesanteur se fit sentir. Bien qu'en plein été, l'air devint tout à coup froid et lourd. Une ombre menaçante semblait les observer dans l'obscurité. Les totems commencèrent à grogner en sondant les ténèbres.

— Otskai, va voir ce qu'il y a là-bas ! ordonna Iniwa sans même se lever.

Ne désirant pas irriter son chef, l'homme obéit. Il prépara rapidement une torche avant de s'enfoncer dans la noirceur de la forêt, suivi de son totem, un raton laveur. Ses amis l'observèrent inspecter les environs, prêts à agir.

Soudain, la torche d'Otskai s'éteignit, puis un cri déchirant retentit au cœur des bois. Les chasseurs se regardèrent les uns les autres. Quels prédateurs pouvaient bien se cacher dans les ténèbres ? Un ours ? Une meute de loups ?

Alors qu'ils se positionnaient en cercle autour du feu, une racine visqueuse attrapa l'un d'eux par les pieds. L'homme chuta au sol et, hurlant de terreur, enfonça ses ongles dans la terre pour ne pas être emporté, en vain. En un battement de cœur, il fut englouti par les ténèbres. Une fraction de seconde plus tard, l'éclat rubis des yeux de son totem s'éteignit en une légère brume rougeâtre. Effrayés, les chasseurs ne savaient que faire. Ils étaient à présent devenus des proies. La silhouette de la créature qui les traquait apparaissait de temps à autre entre les arbres. À moins que ce ne soit les ombres de ces derniers, illuminés par leur propre feu ?

– Iniwa, qu'est-ce qu'on fait ? couina l'un d'eux.

– Tais-toi ! Ou je m'arrange pour que tu sois le prochain !

Le chef sonda les ténèbres. Lui avait une idée de ce que pouvait être cette étrange créature invisible.

Un cri, suivi d'un autre, résonna dans l'obscurité. Deux hommes et leurs totems venaient de périr sans que personne ne puisse réagir. Partis à huit, les chasseurs n'étaient à présent plus que quatre.

— Donne-moi ton arc ! ordonna Iniwa, qui restait étrangement calme.

D'une main tremblante, son comparse lui tendit son arme ainsi que quelques flèches. Plissant les yeux, le chef des chasseurs sonda une nouvelle fois l'obscurité, prêt à tirer.

— Montre-toi ! hurla-t-il. Aie au moins le cran de nous affronter comme il se doit !

Ses hommes blêmirent. Eux ne voulaient en aucun cas affronter la créature. Tout ce qu'ils désiraient, c'était rentrer au village sains et saufs. Mais ils savaient que c'était impossible, pas avec Iniwa, car cet homme détestait les lâches.

Un craquement retentit alors sur leur gauche. Le groupe s'orienta immédiatement dans cette direction. Mais il n'y avait rien. Du moins, c'est ce qu'ils pensaient, car au bout de quelques instants, deux feux follets verts illuminèrent les ténèbres, flottant à presque deux mètres du sol.

— Te voilà enfin, murmura Iniwa. Ne fais pas ton timide, approche.

— Iniwa, tu es sûr que c'est une bonne idée de le provoquer ?

— La ferme !

Il empoigna le froussard par le col et le jeta devant lui. S'étalant de tout son long face à l'ombre qui se détachait à présent d'entre les arbres, l'homme n'osa plus bouger. Tremblant comme une feuille, il resta à fixer le sol. L'odeur pestilentielle de la mort vint chatouiller ses narines. Une goutte d'une étrange substance noire et visqueuse s'écrasa mollement devant son visage, puis une seconde sur sa nuque. Lorsque la matière glaciale entra en contact avec sa peau, il se figea. La créature était juste au-dessus de lui. Son souffle froid le pétrifiait un peu plus à chaque respiration. Il voulait ignorer sa présence, mais les relents de pourriture qui en émanaient lui donnaient la nausée.

Déglutissant, il releva lentement la tête. Un rictus de terreur déforma son visage quand il découvrit la bête qui lui faisait face. Un crâne de loup aux yeux enflammés le dévisageait. Il n'eut pas le temps de se redresser que la créature l'attrapait par la gorge. Elle le souleva sans ménagement et le lança avec force contre l'arbre le plus proche. Un craquement résonna dans la nuit lorsque le pauvre homme vint se fracasser contre le tronc. Son corps désarticulé s'écrasa au sol dans un bruit mat, sans vie.

Ses amis le regardèrent en silence, les yeux emplis d'effroi. Tous, sauf Iniwa, qui partit dans un rire tonitruant.

– Cette puissance ! Je ne pensais pas voir cela un jour ! Que nous vaut ta visite ? Car j'ai bien l'impression que nous nous sommes déjà rencontrés, je me trompe ?

La créature ne bougea pas, les fixant froidement. Puis, en un éclair, elle fondit sur l'homme situé à sa droite et lui arracha la tête de son immense gueule. Son comparse n'eut pas le temps de réagir que le wendigo se ruait déjà dans sa direction, lui ôtant la vie à son tour.

— Alors comme ça, c'est moi que tu veux ? s'exclama Iniwa.

Il aimait voir les puissances démoniaques se déchaîner, mais encore plus la souffrance humaine. Assister à un tel massacre le mettait dans une joie sans nom. Rien ne paraissait effrayer cet homme. Ce constat mit la créature hors d'elle. Elle s'élança vers lui, avant de s'arrêter net en hurlant de douleur. Se recroquevillant au sol, le monstre lançait des cris stridents et se tortillait dans tous les sens.

— Tu crois vraiment que je me serais aventuré dans ces bois sans un minimum de protection ? lâcha l'homme qui avait tout à coup repris son sérieux.

Il s'accroupit près de la créature démoniaque qui s'était redressée.

— Tu vas payer pour ce que tu m'as fait subir, grinça-t-elle d'une voix étrangement douce, une voix de femme.

— Donc tu es bien venue pour moi. Qui es-tu ?

— Mon nom n'a pas d'importance ! Tu m'as violée et tu as torturé mon totem sans prendre la peine de le connaître !

— Oooooh... C'est toi ? Je n'aurais pas cru qu'une femme aussi faible se serait transformée de la sorte.

— Tu n'es qu'un monstre ! Tu l'as tué sous mes yeux, je vais te...

Enhawee ne termina pas sa phrase et s'élança vers cet homme qui l'avait détruite. Encore une fois, elle fut arrêtée dans sa course. L'impossibilité d'accéder à sa vengeance la fit hurler de rage.

Iniwa rit en se redressant.

— À première vue, c'est toi le monstre ici. Et tu auras beau t'obstiner à vouloir me tuer, tu n'y arriveras jamais. Grâce à cela.

Il découvrit sa gorge et lui montra le collier de perles rouges et blanches qui entourait son cou.

— Ceci réunit toutes mes victimes.

Il s'approcha une nouvelle fois du wendigo.

— Et cette perle, c'est le cœur de ton cher... Tyee ? C'est bien cela ?

L'entendre prononcer le nom de son totem fit éclater Enhawee dans une rage sans nom. Un puissant feu vert et démoniaque entoura son corps en un clin d'œil. Elle se releva en hurlant, se jetant une nouvelle fois sur son tortionnaire hilare. Iniwa savourait ce moment de domination, rien ni personne ne pouvait l'atteindre ! Puis, considérant que ce petit jeu avait assez duré, il dégaina un long couteau. La lame blanche brillait d'un surprenant éclat bleuté. On l'aurait cru constituée de gemmes des Anciens, ces mêmes pierres qui animaient les totems. Et c'était le cas !

Lorsqu'il sortit l'arme de son fourreau, Enhawee ressentit un inexplicable malaise. Elle qui, de par sa forme, pensait pouvoir détruire tous ceux qui se mettraient en travers de son chemin se retrouvait face à un mur.

Iniwa fit un pas en avant, la menaçant de son étrange lame. L'aura sacrée procurée par la pierre opaline qui la constituait fit reculer le démon, qui se réfugia derrière l'arbre le plus proche.

– Ne me dis pas que tu ne veux plus t'amuser avec moi ? lança l'homme d'un air faussement triste. Ça ne faisait que commencer, approche !

Il s'avança une nouvelle fois vers le wendigo, qui lui répondit avec un hurlement inhumain. Le monstre se dissipa dans les ténèbres. Il savait qu'il ne pourrait faire face à cette arme sacrée.

Puis, faisant une dernière fois le tour du campement, dissimulé dans les profondeurs de la nuit, il annonça :

– Pour cette fois, tu as réussi à me repousser, mais sache que je continuerai à te traquer, et ce, jusqu'à ta mort !

– Je te souhaite bien du courage, rétorqua l'homme, un sourire aux lèvres. Tout ce que tu vas gagner, c'est d'errer pour l'éternité. Car contrairement à moi, toi, tu ne peux pas mourir. Tu vas donc souffrir jusqu'à la fin des temps, et ce, sans n'avoir jamais pu te venger de moi ! Et tu n'imagines pas à quel point cette idée me plaît !

Enhawee lança un nouveau cri de rage avant de disparaître dans la nuit. Elle se jura de détruire cet homme, ce monstre ! Pour cela, elle devait devenir plus puissante. Et pour y parvenir, elle devrait se nourrir d'âmes humaines, d'âmes qu'elle traquerait nuit et jour jusqu'à enfin pouvoir détruire Iniwa.

***

C'est ainsi qu'Enhawee se mit à parcourir les forêts du Nord. Non pas à la recherche d'Iniwa, non... À la recherche de chair fraîche. De cœurs humains qu'elle dévorerait pour gagner en puissance ! On raconte aussi qu'il lui arrivait de posséder certains hommes avant d'absorber leurs âmes, ou même celle de démons plus faibles, car avec le temps, elle avait fini par oublier ce qu'elle traquait et pourquoi. Tout ce qu'elle désirait désormais était la puissance, toujours plus de puissance, bien qu'au fond de son cœur glacial, un goût amer de vengeance non assouvie ne cessait de la tourmenter.

LE CLAN DU CORBEAU BLANC
TOME 1 LA MALEDICTION DU WENDIGO
EXTRAIT
ELFYDIL

Le Clan du Corbeau Blanc : La malédiction du wendigo (tome 1)

- Extrait -

Prologue

« La vieille femme marchait dans la neige, au milieu d'une tempête. Elle semblait perdue et avançait péniblement. Des bourrasques l'obligeaient à s'arrêter régulièrement. Après une ascension qui lui parut durer des heures, elle commençait à perdre espoir. C'est alors qu'elle aperçut au loin une légère lueur bleutée. En se rapprochant d'elle, les contours de la flamme se firent de plus en plus nets. Au même instant, le vent faiblit. Stoppés dans leur course, les flocons semblaient flotter, tomber au ralenti. Le feu follet, lui, voletait. À l'approche de Wakanda, il fuit puis revint vers elle comme pour lui montrer le chemin menant au sommet... »

La petite Nokomis était suspendue aux lèvres du conteur, qui, aidé de figurines en os, racontait la légende de Wakanda, fondatrice du clan du corbeau blanc, mais aussi ancêtre de la fillette. Cette histoire, qui s'était déroulée des décennies auparavant, était toujours narrée aux enfants du village.

Comme souvent, tout le clan était réuni dans la grande hutte pour écouter l'ancien. Nokomis connaissait cette légende par cœur, mais ne s'en lassait pas. Elle s'imaginait son aïeule braver la tempête dans le but de libérer l'esprit de son totem Gaagi, tué lors d'une querelle de clan qui eut lieu bien avant la fondation du leur.

La petite avait hâte de pouvoir partir en quête de son propre totem, lors du rite de passage à l'âge adulte. Durant cette épreuve, les jeunes du village partaient seuls à la recherche d'une gemme, qui leur permettait de trouver et de créer un lien avec l'animal que les Anciens avaient choisi pour eux. Celui-ci les protégerait et les guiderait tout au long de leur vie. C'était donc un moment très attendu et important dans l'existence d'une personne.

Le vieillard continuait de conter son histoire, quand tout à coup, un éclair illumina la grande hutte, faisant sursauter l'assistance. À l'extérieur, l'orage grondait. Aucune tempête n'avait été aussi violente depuis de nombreuses années. Même les plus anciens ne se souvenaient pas d'un tel déchaînement des éléments. Heureusement, la majorité des villageois avaient pu se mettre à l'abri. Seuls manquaient à l'appel Chesmu, le père de Nokomis, et Cheveyo, celui de son meilleur ami, Hanska. Tous deux étaient partis chasser. Sans doute surpris par l'arrivée brutale de la tempête, ils n'avaient pu rentrer à temps et avaient dû trouver un abri pour la nuit.

Nokomis regarda sa mère. Celle-ci lui sourit, comme pour la rassurer. Aquene se doutait que sa fille s'inquiétait pour son père. Ce n'était pas la première fois que celui-ci ne rentrait pas un soir de mauvais temps. Mais cette fois-ci, la tempête était différente. Elle était bien plus violente et menaçante que de coutume.

Aquene sentait que quelque chose de mauvais se préparait. En tant que chamane du village, elle savait que les esprits pouvaient être particulièrement puissants les nuits comme celle-ci. Son totem, le corbeau Tekoa, se blottit contre elle pour la rassurer.

***

Au fond de la forêt, abrités par une avancée dans la falaise, Chesmu et son ami Cheveyo tentaient tant bien que mal de se protéger de la pluie. L'orage résonnait entre les arbres, que les bourrasques faisaient dangereusement osciller. Ils n'avaient pas réussi à trouver de lieu plus sûr, surpris par l'arrivée brutale de la tempête.

Serrés les uns contre les autres, ils espéraient une accalmie, car leur abri était à peine assez grand pour les protéger eux et leurs totems, un loup et un raton laveur. Les gemmes des Anciens qui animaient ces derniers brillaient d'une douce lueur bleutée au cœur de la nuit.

Tout à coup apparut entre les arbres la lumière d'une autre gemme, d'une couleur légèrement plus verte. Celle-ci était suivie d'une ombre humaine. Apparemment, ils n'étaient pas les seuls à avoir été surpris par cette étrange tempête. Chesmu indiqua le point lumineux à son ami :

— Cette personne a peut-être besoin d'aide. Reste ici, je vais y aller.

Il commença à se lever. Cheveyo lui attrapa le bras pour l'arrêter.

— Tu es fou ! C'est trop dangereux ! Elle va certainement voir la lumière de nos totems et se diriger vers nous.

— Et si elle est blessée ? On ne peut pas la laisser déambuler seule au milieu de la forêt, encore moins par ce temps et en pleine nuit !

Cheveyo hésita.

— Ta bonté te perdra Chesmu... Je viens avec toi. Kohana, reste ici, tu nous indiqueras où se trouve l'abri.

Le raton laveur regarda son maître de ses yeux bleus. Il ne paraissait pas d'accord avec lui, mais acquiesça finalement d'un petit couinement.

— Ne t'inquiète pas pour moi. Avec Chesmu et Lonato, je ne crains rien. Nous n'en aurons pas pour très longtemps.

L'homme gratta son totem entre les oreilles, puis il se leva et partit à la suite de son ami et de son loup au cœur de la tempête.

Partie I
CHAPITRE 1

La forêt était illuminée du soleil matinal de la fin d'hiver. La neige finissait de fondre et les bourgeons de fleurs commençaient lentement à s'ouvrir. Les oiseaux chantaient, heureux de retrouver des températures clémentes. Des années avaient passé depuis la tempête durant laquelle son père avait disparu.

À maintenant dix-sept ans, Nokomis attendait de pied ferme le jour où il serait temps pour elle de partir à la recherche de son totem. Pour patienter, elle avait décidé d'accompagner son amie Ayana, l'apprentie de Papina, la guérisseuse du village. Cette dernière lui avait demandé de refaire la réserve d'herbes médicinales, dont le stock avait fortement diminué pendant hiver.

Âgée de trois ans de plus que Nokomis, Ayana venait d'un autre clan. Elle était arrivée quelques années auparavant dans le but de devenir guérisseuse.

Son totem était une renarde du nom de Ciqala. Un masque ornemental constitué d'écorce blanche couvrait sa face. Il était finement gravé de feuilles, qui entouraient ses yeux et descendaient vers son museau. Une douce lumière bleutée émanait de ces gravures. Cette couleur brillait aussi faiblement à travers les branches qui englobaient sa cage thoracique.

Ciqala était un totem très sociable et affectueux, il correspondait parfaitement à sa maîtresse, qui se souciait constamment du bien-être des gens, d'où son choix de devenir guérisseuse.

Ayana était une jeune femme élancée, au visage fin et aux yeux légèrement en amande. Ses longs cheveux noirs, coiffés en tresse, étaient décorés de perles en os et de plumes. Plusieurs colliers en cuir entouraient son cou. Elle portait divers tatouages, dont une ligne ocre coupant ses lèvres et deux triangles sur les pommettes. Mais les plus importants étaient ceux de ses avant-bras, un loup et un corbeau, qui symbolisaient ses deux clans. On pouvait aussi en apercevoir un troisième au niveau de son cœur : une tête de renard, représentant son totem.

Soudain, elle releva la tête. Trop affairée à récolter ses herbes, elle n'avait pas remarqué qu'elle avait perdu son amie de vue.

— Ciqala, tu n'aurais pas vu Nokomis ?

Son renard lui indiqua que non. Elle regarda de nouveau autour d'elle et l'appela.

— Ce n'est pas possible, où est-elle encore partie ?

Elle marcha entre les arbres à la recherche de son amie, quand elle entendit Ciqala japper au pied de l'un d'eux.

— Évidemment, encore en train de monter aux arbres, se dit-elle en souriant.

En arrivant au pied de l'arbre en question, elle regarda attentivement entre les feuilles et finit par l'apercevoir.

— Noko ! Qu'est-ce que tu fais là-haut ?

Nokomis se situait à environ trois mètres du sol, assise sur une branche. Elle avait une allure bien plus athlétique qu'Ayana. Sa peau était également légèrement plus mate que celle de son amie. Ses yeux aussi étaient en amande. Une partie de ses cheveux noirs étaient rasés sur le côté gauche. Elle arborait différents tatouages ocre. Le premier, sur son épaule droite, représentait deux cercles imbriqués l'un dans l'autre. Le second était une fine ligne lui traversant le visage, juste sous les yeux. N'ayant pas encore effectué le rituel de passage à l'âge adulte, elle ne pouvait pas porter de tatouage représentant son clan ou son totem.

En entendant son amie l'appeler, Nokomis se retourna et perdit l'équilibre, basculant dans le vide. Elle parvint à se rattraper de justesse sur une branche en contrebas, qui, après quelques secondes, céda sous son poids. La jeune femme tomba lourdement au sol. Ayana accourut immédiatement à ses côtés, suivie de Ciqala.

— Ça va, rien de cassé ?

Allongée sur le dos, Nokomis se redressa en grimaçant. La renarde lui sauta dessus en jappant, heureuse de la voir se relever.

— Oui, ça va, ne t'inquiète pas. J'ai connu pire chute.

Elle regarda son avant-bras droit, complètement éraflé, ainsi que son arc brisé. Elle souleva le morceau de bois et sa corde, dépitée.

— Je vais encore devoir m'en fabriquer un...

— Un jour, tu vas vraiment finir par te tuer, lui dit Ayana.

Elle attrapa le bras de son amie pour l'inspecter.

— C'est juste une égratignure, protesta Nokomis.

Du sang commençait lentement à couler. La plaie était bien nette. Ayana lui lança un regard entendu. Elle ouvrit la sacoche qu'elle portait à la taille, en sortit quelques feuilles, un petit récipient en bois et une pierre. Elle écrasa les herbes médicinales dans le bol tout en ajoutant quelques gouttes d'eau de sa gourde.

Ciqala approcha son museau pour sentir la bouillie et recula en éternuant, surprise par l'odeur âcre qui s'en dégageait.

Quand l'apprentie guérisseuse obtint une pâte verdâtre, elle étala la mixture sur la plaie, puis elle détacha la protection en cuir que Nokomis portait à l'autre bras et l'utilisa pour maintenir une feuille sur l'onguent. Son amie la laissa faire, un léger sourire aux lèvres. Ayana avait toujours été très consciencieuse dans son travail.

— Et voilà, c'est fini ! Au fait qu'est-ce que tu faisais là-haut ? la questionna son amie en rangeant ses affaires.

Nokomis vérifia si elle n'était pas gênée dans ses mouvements.

— Rien de particulier, je regardais la vallée. C'est une des plus belles vues. Je t'aiderai à monter un jour, si tu veux.

Ayana lui sourit, elle aimait le côté insouciant de son amie.

— Quand tu reviendras avec ton totem, tu me montreras ça, répondit-elle. Pour le moment, il nous reste pas mal de travail avant de pouvoir rentrer.

CHAPITRE 2

Le clan du corbeau blanc était un petit village situé en lisière de forêt. Il était constitué de plusieurs huttes éparpillées dans une clairière. L'absence de fortification indiquait un endroit tranquille où les clans vivaient en paix les uns avec les autres. Le village était en ébullition. Le jour du rite de passage à l'âge adulte arrivait enfin et la cérémonie allait bientôt commencer. Il fallait que tout soit prêt pour le départ des jeunes.

Nokomis était en âge de partir. Elle allait enfin pouvoir rechercher son totem et prouver qu'elle était capable de participer aux décisions du village.

Mais il y avait une autre raison à son impatience. D'après les Anciens, les totems permettaient aux hommes de communiquer avec les défunts de leur famille. Elle espérait trouver un moyen de le faire pour pouvoir comprendre ce qui était arrivé à son père.

Hanska, son meilleur ami, avait lui aussi perdu son père ce jour-là. Sa mère étant morte en couches, il était devenu orphelin. Aquene, la mère de Nokomis, avait décidé d'adopter le garçon. Lui aussi était sur le point de partir à la recherche de son totem.

Ils étaient inséparables depuis leur enfance, ce qui les menait souvent à chasser ensemble, comme leurs pères avant eux, mais également à faire les quatre cents coups quand ils étaient plus jeunes, au grand dam de leur mère. En grandissant, Hanska s'était quelque peu assagi et avait décidé de suivre les pas de son père en devenant guerrier. Il était imposant comme un ours et faisait au moins une tête de plus que la majorité des hommes du village. Il possédait quelques tatouages sur le torse et les bras, et portait une coupe iroquoise avec une petite tresse décorée de perles en os.

Nokomis, quant à elle, avait préféré se spécialiser dans la chasse, bien que sa mère lui enseignât le chamanisme, en espérant qu'elle prenne un jour sa relève en tant que descendante directe de Wakanda.

En effet, lors de la création du clan, l'aïeule de la jeune femme n'avait pas désiré devenir cheffe ni diriger le village seule. Elle avait donc désigné un homme d'une autre famille pour ce rôle. Depuis, ces deux familles étaient liées, prenant ensemble certaines décisions du clan.

Mais tout cela n'intéressait pas Nokomis. Cependant, en tant que dernière descendante de Wakanda, elle devrait certainement s'y plier un jour. Sa mère n'avait pu devenir la chamane des corbeaux blancs qu'après avoir épousé Chesmu, lui-même descendant de la fondatrice de leur clan.

Avant le départ de leur hutte, la jeune femme et son frère avaient pris soin de rassembler leurs affaires et leurs armes. Un tomahawk et un poignard pour Hanska, et un arc avec deux poignards pour Nokomis. Le choix de ces armes était primordial, car ils ne pourraient pas en changer pendant la recherche de leurs totems.

En se rendant sur la place du village pour écouter les derniers conseils du chef et participer au rituel précédant leur départ, ils croisèrent Ayana, leur meilleure amie.

— Alors, prêts pour le grand départ ? leur lança-t-elle. Ciqala n'aura plus besoin de te surveiller pendant nos excursions ! Hein, Nokomis ?

— Quand je serai absente, tu regretteras que je ne t'accompagne pas pour t'indiquer le chemin à suivre pour rentrer au village, lui répliqua-t-elle en riant.

— Peut-être, mais ce n'est pas moi qui ai manqué de me tuer il y a quelques jours.

Hanska regarda ses amies, interloqué.

— De quoi vous parlez ? Vous partez à la cueillette sans moi maintenant ?

— J'ai seulement aidé Ayana à récolter des herbes médicinales, répondit innocemment Nokomis.

— Je dirais plutôt que tu es venue m'aider, puis tu as disparu pour admirer la vue de la vallée, avant de faire une chute monumentale, s'esclaffa Ayana.

— Alors, on sait plus descendre d'un arbre ? la taquina Hanska.

Sa sœur le regarda, un sourire en coin.

— C'est ça, moque-toi ! Le jour où tu remonteras dans un arbre, tu me feras signe.

— Allez, Noko, tu sais bien que tu es notre casse-cou préférée !

Il lui asséna une grande tape dans le dos, manquant de la faire tomber. Il oubliait souvent que maintenant, il avait beaucoup plus de force que sa sœur, chose qu'elle lui rappela en se massant l'épaule.

Les trois amis arrivèrent sur la place principale. Les villageois s'étaient réunis autour de l'estrade qui avait été montée pour l'occasion. C'est à ce moment que le fils du chef, Paytah, également prétendant d'Ayana, s'avança vers eux. Il avait le même âge qu'Ayana et était plutôt bien bâti, quoique plus petit que Hanska. Il possédait déjà son totem, un puma, comme son père, nommé Sicheï.

Paytah et Nokomis ne s'appréciaient pas particulièrement, bien qu'ils sachent depuis l'enfance qu'ils finiraient par devoir diriger le clan ensemble. La jeune femme le trouvait bien trop arrogant pour son futur rôle de chef et, contrairement aux autres villageois, elle s'opposait régulièrement à lui, ce qui le mettait systématiquement en rogne.

— Eh, Ayana ! Ça te dirait que je vienne avec toi lors de tes sorties en forêt quand tes amis seront absents ? Tu auras certainement besoin d'une escorte ou d'un coup de main.

— Oh ! Salut, Paytah ! Je ne sais pas, Papina voulait me montrer de nouvelles plantes. Elle m'accompagnera sans doute pendant un moment. Mais merci de proposer ton aide.

— N'hésite pas à me demander si besoin ! Il y a toujours des animaux un peu téméraires qui pourraient vous déranger pendant votre récolte.

Il s'éloigna en jetant un regard froid à Nokomis, puis rejoignit ses amis pour écouter le discours de son père.

— Il est toujours aussi agréable avec toi à ce que je vois, Noko, dit Hanska en le regardant partir.

Elle lui indiqua qu'elle avait l'habitude et qu'il n'avait pas à s'en faire. Son frère se tourna alors vers Ayana.

— J'ai le pressentiment que tu vas l'avoir pas mal sur le dos pendant notre absence...

— Ça fait quelque temps qu'il vient me parler dès que je passe dans son champ de vision, répondit la jeune guérisseuse, exaspérée. Il est gentil, mais un peu trop envahissant. Venez, on va se rapprocher de l'estrade.

Le chef du village, Akecheta, arriva avec son totem, Chaska, un puma dont le masque ornemental en os reprenait un crâne de félin finement gravé. Plus ces gravures étaient profondes, plus la lueur bleutée qui en sortait était intense. Deux longues canines dépassaient de chaque côté du masque. Le fauve avait également un squelette externe qui lui donnait un air féroce. Akecheta commença à parler d'une voix forte :

— Mes enfants, aujourd'hui est un grand jour ! Celui de votre départ ! Celui du début de votre voyage vers l'âge adulte ! Je sais que vous attendiez ce jour avec impatience et que votre formation aux rituels a été longue et difficile. Cette quête vous permettra d'entrer en communion avec vos ancêtres, mais elle sera aussi extrêmement éprouvante et dangereuse. Il est possible que certains d'entre vous ne rentrent pas vivants. Peut-être même que certains se retrouveront sans totem. Dans n'importe quelle situation, le village vous soutiendra, vous ou votre famille ! Pour réussir, vous devrez ne faire qu'un avec la nature et écouter les esprits qui vous entourent pour trouver votre voie et surtout, votre totem ! J'espère que vous êtes prêts pour les deux prochaines lunes. Jeunes gens, veuillez monter à mes côtés !

Nokomis, Hanska et les six autres candidats montèrent sur l'estrade. Chacun posa ses armes et équipements à ses pieds et attendit.

Aquene arriva, son corbeau Tekoa sur l'épaule. C'était une femme mince. Elle portait une large cape de plumes blanches et de multiples ornements. Elle monta à son tour sur l'estrade, un petit plateau en bois entre les mains sur lequel étaient disposés huit bracelets rouges, un par candidat. Ceux-ci avaient été tressés par une personne qui tenait aux jeunes partant en quête pour les protéger et les aider dans leur voyage. La coutume voulait que l'identité de cette personne reste inconnue du candidat, sans doute par superstition.

Aquene posa le plateau au sol et commença à le recouvrir de fumée grâce à un bol rempli d'herbes enflammées. Le tout dégageait une forte odeur. En faisant cela, elle entama une incantation accompagnée par un percussionniste. Elle se dirigea ensuite vers les candidats pour effectuer une nouvelle incantation, les enveloppant de la fumée grise et odorante.

Quand elle eut fini son rituel, elle demanda aux jeunes gens de s'approcher un à un pour leur remettre leur bracelet et les entourer une dernière fois de fumée. Les candidats s'alignèrent de nouveau et le chef reprit la parole :

— Au nom de nos ancêtres, je vous souhaite bonne chance ! Ancêtres qui, ne l'oubliez pas, seront toujours à vos côtés lors de vos moments de doute !

Les villageois ovationnèrent les candidats. Nokomis se tourna vers Hanska qui lui passa un bras par-dessus les épaules et l'attira à lui en riant, puis elle parcourut du regard les visages heureux de la foule et croisa celui d'Ayana, qui lui sourit en les applaudissant tous les deux.

***

Lorsqu'ils descendirent de l'estrade, Aquene s'approcha de sa fille et la prit dans ses bras.

— Ton père aurait été fier de te voir là aujourd'hui, dit-elle. Lorsque tu seras seule, fais attention à toi, ma fille.

Elle enleva le collier qu'elle portait autour du cou et le lui donna. Ce dernier était constitué d'une cordelette en cuir, d'une petite pierre plate bleue gravée d'un loup et d'une plume de corbeau. Aquene l'avait fabriqué après la disparition de Chesmu.

— Avec ce collier, nous serons toujours avec toi.

— Je ne vous décevrai pas ! Et ne t'inquiète pas, maman, je serai prudente.

Aquene sourit à sa fille et lui caressa la joue, pleine de fierté. Elle se tourna ensuite vers son fils adoptif.

— Hanska, je suis fière que tu aies rejoint notre famille. Fais aussi attention à toi, même si je sais que tu es bien plus prudent que ta sœur. Je n'ai rien ayant appartenu à tes parents, donc je me suis permise de fabriquer cela pour toi.

Elle sortit un objet de la sacoche accrochée à sa ceinture et le lui tendit. C'était un collier avec une pierre sur laquelle étaient gravés un raton laveur et un écureuil, les totems des parents du jeune homme.

— Merci, Aquene ! s'exclama Hanska, reconnaissant. Je ne m'y attendais pas ! C'est vraiment un beau cadeau !

— Tu es mon fils, désormais, il est donc normal de te faire un présent pour un jour si important dans ta vie !

Heureux, Hanska prit sa mère adoptive dans ses bras pour la remercier. Ayana s'approcha et demanda à Aquene :

— Cela ne va pas te faire un vide de les voir partir tous les deux en même temps ?

— Un peu, mais ça ira... Il faut bien les laisser voler de leurs propres ailes ! dit-elle, émue.

— Si tu as besoin d'un coup de main, demande-moi, je serai heureuse de t'aider.

— Merci, c'est très gentil de ta part, Ayana, répondit la chamane en souriant.

Ayana lui rendit son sourire et se retourna vers ses amis.

— Bonne chance à tous les deux ! Je vais me sentir seule sans vous. Dépêchez-vous de revenir, et pas de bêtises pendant votre quête ! dit-elle en insistant sur Nokomis.

Elle pivota vers Hanska.

— Bonne chance. Je ne m'inquiète pas trop, mais ne va pas te mesurer à un animal plus gros que toi.

Elle le prit dans ses bras pour lui dire au revoir, puis se tourna vers Nokomis.

— Et toi, fais attention, ne va pas prendre de risques pour rien...

— Je ne vois pas de quoi tu parles, répondit son amie avec un air innocent.

Remarquant le regard insistant d'Ayana elle ajouta :

— Ne t'inquiète pas, je ferai attention.

Ayana sourit, s'approcha d'elle et, en l'attirant dans ses bras, lui murmura :

— Je suis sérieuse Noko, reviens en un seul morceau...

CHAPITRE 3

La première étape de la recherche d'un totem consistait à se rendre à la Source des Anciens. Cette dernière était alimentée par une cascade à plusieurs jours de marche du village, à faible altitude dans la montagne. Dans ses eaux, on y trouvait les gemmes des Anciens, des pierres venant directement de la Montagne Sacrée. Celles-ci permettaient au candidat de créer un lien avec son totem, mais aussi avec ses aïeuls.

Nokomis et Hanska avaient décidé de parcourir cette partie du chemin ensemble. Depuis deux jours, ils marchaient dans une forêt de résineux menant à la montagne.

Par moments, ils pouvaient apercevoir son sommet recouvert de neige éternelle. Cette pointe blanche contrastait avec la couleur sombre des conifères qui les entouraient. La légende racontait que c'était sur ce sommet que la chamane Wakanda n'avait fait qu'un avec son totem en se transformant en un magnifique corbeau blanc, il y avait de cela des décennies.

Quelques jours plus tard, le frère et la sœur entendirent un bruit d'eau entre les arbres. Lorsqu'ils arrivèrent enfin, ils furent impressionnés par la hauteur de la cascade, qui s'écrasait sur une roche sombre et polie par le temps avec un vacarme assourdissant. L'eau ruisselait ensuite vers la source. Celle-ci était plutôt profonde, mais sa transparence permettait de voir les poissons y nager tranquillement. Une petite plage de galets noirs donnait accès à l'étendue d'eau.

— Waouh ! C'est magnifique ! s'émerveilla Hanska.

Les pierres des Anciens, blanches aux reflets bleutés, se trouvaient dans la partie la plus profonde de la source. Nokomis s'avança près du rivage et y déposa ses affaires pour enlever ses bottes.

— Qu'est-ce que tu fais ?

— Je ne vais pas plonger toute habillée ! Et si nous voulons récupérer ces gemmes, il va bien falloir nous mouiller.

— Elle doit être gelée...

— C'est possible, répondit-elle en laissant tomber sa deuxième botte au sol.

Hanska s'approcha du bord et jeta un regard malicieux à sa sœur.

— Le premier qui remonte avec sa pierre a gagné ! s'écria-t-il après avoir retiré sa tunique.

Il s'élança vers l'eau.

— Eh, non ! Tu triches !

Nokomis eut tout juste le temps d'enlever son haut avant de courir à sa suite.

En effet, l'eau était gelée, mais la jeune femme était déterminée à rattraper son frère. Et à gagner ce défi. Après quelques mètres, elle plongea. Les profondeurs de la source étaient remplies de gemmes blanches irisées plus ou moins grosses. Les quelques poissons présents fuyaient à leur approche.

Hanska avait déjà presque atteint le fond. Nokomis piqua droit vers l'une des pierres, qu'elle rejoignit en quelques brasses seulement. Quand elle la toucha, celle-ci se mit subitement à chauffer dans sa paume. Une forte énergie remonta le long de son bras. Surprise, elle manqua de la lâcher. Puis, resserrant sa prise, elle entreprit de prendre une impulsion au sol pour regagner à la surface.

Elle fut arrêtée net dans son geste par une voix qui résonna dans les profondeurs. Une voix qui semblait l'appeler. Lointaine.

Intriguée, la jeune femme tourna son regard dans sa direction. Une forme sombre se dessina alors au loin. La masse s'approchait lentement, puis elle prit un aspect de plus en plus menaçant, devenant une ombre fantomatique.

Soudain, elle accéléra. Il ne lui faudrait que quelques mètres pour l'atteindre !

Prise de panique, et commençant à manquer d'air, Nokomis voulut nager vers la surface. Mais elle ne fut pas assez rapide. L'ombre l'attrapa par le pied et la tira brutalement à elle. Les filaments noirs qui formaient cette inquiétante créature l'enveloppèrent en un clin d'œil. Nokomis se débattit, sans succès. Une brume visqueuse recouvrit alors son cou, son visage...

Puis ce fut le noir complet.

L'instant suivant, Nokomis réalisa qu'elle pouvait respirer. Les ténèbres l'entouraient. Bien qu'elle flottât, toujours retenue par ces étranges liens fantomatiques, elle n'était plus sous l'eau. Sondant les alentours, elle aperçut au loin deux points lumineux. Ils étaient d'une couleur verdâtre, semblable à celles des feux follets.

Ceux-ci se rapprochèrent lentement d'elle, révélant un crâne de cerf éclairé par une source de lumière invisible. Les flammes vertes animaient ses orbites creuses. Sa mâchoire de loup entrouverte laissait apparaître ses dents menaçantes. Au premier abord, il semblait flotter dans le vide, mais, en regardant plus attentivement, on pouvait deviner le corps humanoïde et osseux qui le soutenait ; les mêmes filaments qui retenaient Nokomis et l'habillaient.

L'ombre lui tourna autour, tel un prédateur jaugeant sa proie, l'observant sous tous les angles. Nokomis n'osait pas bouger. Elle était comme paralysée. Que lui voulait cette créature ? Celle-ci approcha lentement une main griffue dans sa direction. Effrayée, la jeune femme eut un mouvement de recul. Ce geste énerva la bête, qui, avec un grondement sourd, l'attrapa par le menton pour la forcer à lui faire face. Elle la fixa un long moment de son regard vide. Nokomis sentit un frisson de terreur lui remonter le dos.

Soudain, une lumière éblouissante émergea de la gemme qu'elle tenait toujours dans la main. Des rais lumineux percèrent entre les doigts de la jeune femme et commencèrent à faire fondre ses liens. La créature recula instantanément en cachant ses orbites sans vie. La lumière devint alors de plus en plus forte...

***

Quand Nokomis rouvrit les yeux, Hanska était penché au-dessus d'elle. Un haut-le-cœur la força à se tourner sur le côté, la faisant recracher une bonne quantité d'eau.

— Tu m'as fait peur ! Ça va ?

— Qu'est-ce qu'il s'est passé ?

La jeune femme sonda les alentours, encore choquée par ce qu'elle venait de vivre.

— C'est à toi de me le dire ! lui répondit son frère. Tu ne remontais pas, j'ai dû retourner te chercher.

— J'ai fait une sorte de rêve... effrayant... Quand j'ai attrapé ma gemme, j'ai entendu une voix... Une ombre est apparue avant de m'envelopper. Il y avait aussi cette créature à tête de cerf...

L'évocation de la bête fantomatique lui déclencha un frisson. Hanska la regarda, soucieux, attendant plus d'explications. Elle lui raconta alors en détail sa rencontre effrayante.

— Un wendigo ? Mais ces créatures ne sont que des légendes ! Tu as dû faire un malaise sous l'eau... Ces gemmes développent une grosse quantité d'énergie, dit Hanska, plus pour se rassurer lui-même que sa sœur.

— Peut-être, oui…

Les wendigos n'étaient effectivement que des histoires. Du moins, c'est ce que Nokomis pensait jusqu'à aujourd'hui, car elle était certaine que ce monstre était bien réel. Qu'il était une de ces créatures, autrefois humaines, qui venait se repaître de l'âme des vivants.

D'après la légende, n'importe qui pouvait en devenir un après un choc émotionnel trop fort, tel que la mort d'un proche ou d'un totem. Nokomis espérait se tromper quant à l'identité de l'être qu'elle avait rencontré.

Elle regarda un moment la source.

Soudain, elle se sentit observée. En tournant la tête vers la rive opposée, elle vit un corbeau blanc qui la fixait de son étrange regard bleu. Il resta ainsi quelques secondes, puis s'envola.

***

La nuit était tombée. Hanska et Nokomis avaient trouvé un endroit calme où dormir, assez éloigné de la cascade pour ne plus l'entendre. Ils avaient attrapé quelques poissons pour accompagner les rations sèches qu'ils avaient emportées pour le début du voyage. Nokomis repensa à ce qu'elle avait vécu sous l'eau.

— Tu ne penses pas que cette vision annoncerait un mauvais présage ? demanda-t-elle subitement à Hanska.

— Pourquoi tu dis ça ? lui répondit son frère en mordant dans une galette recouverte de chair de poisson.

— Je ne sais pas. Plus j'y repense, plus je me dis que ce n'est pas normal... Un démon ne peut pas se trouver dans un endroit sacré.

— C'est vrai... Mais qu'est-ce qui te dit que cette créature était réellement là ? Il faudra en parler avec le conseil ou notre mère en rentrant. Peut-être qu'ils auront une explication.

Il reprit une bouchée de son repas et ajouta :

— Ça peut aussi tout simplement être une hallucination. L'eau était glaciale et ces gemmes nous ont envoyé une sacrée décharge d'énergie.

— On nous avait prévenus que ce serait le cas, c'est vrai. Mais pas à ce point, dit pensivement Nokomis. Et à aucun moment quelqu'un n'a évoqué ce genre de situation.

— Si c'est déjà arrivé, le conseil ne l'a peut-être pas su.

Nokomis regarda sa brochette de poisson. Elle n'y avait pas encore touché. Toute cette histoire lui avait coupé l'appétit.

— Tu ne manges pas ?

— Hein ? Euh, non. Tiens, prends-la si tu veux.

Elle tendit sa brochette à son frère qui l'attaqua sans attendre, puis elle sortit sa gemme pour l'observer d'un peu plus près. C'était une pierre blanche parfaitement polie, légèrement plus petite que la paume de la jeune femme. Des veines bleutées et irisées parcouraient sa surface. Une faible pulsation l'animait de façon régulière.

— Et pourquoi personne ne nous a dit que les gemmes seraient comme vivantes ?

Hanska s'arrêta de manger et regarda Nokomis, interloqué.

— Comment ça, vivantes ?

— Eh bien, qu'elles seraient chaudes et qu'il y aurait comme un petit battement à l'intérieur.

Surpris, le jeune homme sortit lui aussi sa pierre et l'observa attentivement.

— Elle fait ça, la tienne ?

— Oui, pas la tienne ?

— Non. Mis à part le fait qu'elle soit légèrement plus bleutée, elle ne fait rien de particulier, regarde.

Il lui donna sa pierre et effectivement, il n'y avait aucun battement. La gemme d'Hanska ne ressemblait qu'à un simple galet blanc. Elle lui tendit la sienne pour qu'il l'examine. Lorsque la pierre toucha la paume de son frère, il poussa un juron en la lâchant immédiatement.

— Mais c'est brûlant ! Comment fais-tu pour la tenir ?

Au sol, la gemme se mit à briller par pulsations, faisant ressortir ses veinures d'une belle lueur bleue. Quand Nokomis la récupéra, elle redevint terne, bien qu'elle restât tiède dans sa main.

— Je ne sais pas ce que les Anciens veulent de toi, mais je pense qu'il va falloir te préparer à leurs épreuves...

— Tu crois vraiment que les Anciens s'intéressent à moi ?

Hanska lui répondit d'un simple haussement d'épaules, ne sachant quoi dire de plus de cette étrange situation.

Les sourcils froncés, Nokomis regarda à nouveau sa gemme en espérant que son frère se trompait. Elle voulut lui parler du corbeau blanc qu'elle avait vu à la source, mais se ravisa, n'étant pas certaine que cette vision ait été réelle.

Ils discutèrent encore un moment du sujet avant de décider de dormir. À l'aube, ils se sépareraient pour partir à la recherche de leur totem respectif.

CHAPITRE 4

Le lendemain matin, Hanska et Nokomis partirent chacun de leur côté. La jeune femme n'avait pas particulièrement bien dormi, tourmentée par l'événement de la veille, mais elle était toujours déterminée à aller au bout de sa quête. Les ancêtres lui indiqueraient, via la gemme, quel totem lui conviendrait, et où le trouver.

Nokomis se laissa donc guider, sentant toujours les étranges pulsations dans sa main. Celles-ci étaient étonnamment apaisantes, ce qui la déconcerta quelque peu.

Elle suivit le chemin comme si elle savait exactement quelle direction prendre, parcourant la vaste forêt qui l'avait menée à la Source des Anciens quelques jours plus tôt. Elle croisa quelques animaux sans jamais trouver celui qui lui était destiné.

Les jours s'écoulaient, et elle n'avait toujours eu aucun signe de son futur totem.

Nokomis commençait à s'inquiéter.

Et si ses ancêtres décidaient de ne lui indiquer aucune créature ? Si elle se retrouvait à devoir veiller sur le temple des Anciens, perdu dans la montagne, loin de ceux qu'elle aimait ?

Ce serait certes un honneur pour elle et sa famille, mais elle ne voulait pas de cette vie d'ermite. Le dernier gardien ayant été choisi des années auparavant, il ne serait pas étonnant qu'un apprenti soit bientôt désigné par les Anciens pour lui succéder. Nokomis regarda la pierre qui palpitait dans sa main.

— S'il vous plaît, ne me choisissez pas pour cette tâche... Je ne suis pas faite pour ça...

Elle soupira et reprit sa route, s'enfonçant plus profondément entre les grands conifères.

***

Deux jours plus tard, elle ressentit enfin une sensation différente venant de la gemme. Son totem était là, elle le savait.

A suivre...

Retrouvez la suite du « Clan du Corbeau Blanc : la ma-
lédiction du wendigo » tome 1 sur :

Amazon

La librairie Jeune Pousses

(broché uniquement)

Tous les liens sont sur
www.elfydil.com

*Si ce roman vous a plu, n'hésitez pas à laisser un avis
sur les différentes plateformes*

Les musiques principales:

L'Esprit du loup → *The waiting game - Kalandra*

Akwäta : La légende du Corbeau Blanc → *Elevation - Hoenix*

La Pierre des Déchus → *Lullaby of Woe - Ashley Serena*

Enhawee : La Naissance d'un wendigo → *Herr Mannelig - Ofdrykkja*

Le Clan du Corbeau Blanc (tome 1) → *Trøllabundin - Eivør*

Dépôt légal avril 2021

ISBN : 978-2-9570157-2-6

Édite par Marie Briand

*18 all*ée du vieux Cep – 69400 Limas

www.ingramcontent.com/pod-product-compliance
Lightning Source LLC
La Vergne TN
LVHW050907200726

843508LV00011B/2134